Zu diesem Buch

Die Schittecks waren moralisch und sozial zutiefst minderwertig. Wenn ich jetzt in der Vergangenheitsform von ihnen rede, dann weil niemand nach ihrem mysteriösen Verschwinden mehr etwas von ihnen gehört hat, außer daß sie wie ein tropischer Wirbelsturm über unser Viertel hinweggefegt sind und genauso viele Spuren der Zerstörung hinterlassen haben. Die Schittecks bestanden aus einer nicht genau zu ermittelnden Anzahl von Familienmitgliedern, und jedes von ihnen besaß die Gabe, einem Alpträume zu verursachen, gegen die gewöhnliche Alpträume wie das Zählen von Schäfchen beim Einschlafen sind.

Ich bin zu einem Monstrum, einer kriminellen Bestie ohne Gewissen geworden.

Bis zum Einzug der Schittecks ins Haus nebenan war Paul Grob der geschätzte Philosophielehrer und Leiter des hochgelobten Umweltprojektes BIO-ZWEI und der Entdecker des «schwarzgrau melierten Kohlenfroschs». Als die beiden Schitteck-Mädchen Dagmar und Tanja ihre Verführungskünste spielen lassen, gerät er völlig in ihren Bann, und alles, woran er bisher geglaubt hat, scheint plötzlich seinen Sinn zu verlieren und ihn ins erbarmungslose Nichts zu stürzen…

Peter Schmidt, renommierter Autor von Polit-Thrillern, liefert hier eine rabenschwarze Krimi-Komödie ab, in der nichts vor seinem beißenden Spott verschont bleibt.

Schmidt, geboren 1944 in Gescher, arbeitete lange in der Werbebranche. Dann gab er seine Stellung auf, studierte Literaturwissenschaft, Philosophie und Geschichte und begann zu schreiben. Gleich mit seinem ersten Roman «Mehnerts Fall» schaffte er den Durchbruch. Für seine Romane «Erfindergeist», 1985 (der inzwischen auch in Frankreich in der berühmten *série noire* erschienen ist), «Die Stunde des Geschichtenerzählers», 1986, und «Das Veteranentreffen», 1990, erhielt er jeweils den Deutschen Krimipreis.

In der Reihe rororo thriller liegen vor: Ein Fall von großer Redlichkeit (Nr. 2701), Erfindergeist (Nr. 2719), Die Stunde des Geschichtenerzählers (Nr. 2743), Der EMP-Effekt (Nr. 2765), Mehnerts Fall (Nr. 2774), Die Trophäe (Nr. 2809), Linders Liste (Nr. 2880), Die fünfte Macht (Nr. 2908), Der kleine Herzog (Nr. 2929), Das Veteranentreffen (Nr. 2942) und Roulett (Nr. 2975).

Peter Schmidt

Schwarzer Freitag

Rowohlt

rororo thriller
Herausgegeben von Bernd Jost

Originalausgabe
Veröffentlicht im Rowohlt Taschenbuch Verlag GmbH,
Reinbek bei Hamburg, Juli 1993

Umschlagfoto Fred Dott
Umschlagtypographie Peter Wippermann/Susanne Müller
Satz Sabon (Linotronic 500)
Gesamtherstellung Clausen & Bosse, Leck
Printed in Germany
890-ISBN 3 499 43086 x

Personenverzeichnis

Die SCHITTECKS – Brut der Hölle

Großmutter Schitteck, Vater Schitteck, Dagmar, Tanja / Charlotte, Lutz und viele weitere Kinder, nicht zu vergessen Rottweiler Schitteck

BIO-EINS – die Vorkämpfer für eine bessere Welt

Paul Grob, Xaveria Grob, Brookmann, Hitzacker, Klein

Außerdem richten Unheil an

Doktor Gans, Wanda, Lilo und Albert Gruchulsky

1 Die Schittecks waren moralisch und sozial zutiefst minderwertig. Wenn ich jetzt in der Vergangenheitsform von ihnen rede, dann weil niemand nach ihrem mysteriösen Verschwinden mehr etwas von ihnen gehört hat, außer daß sie wie ein tropischer Wirbelsturm über unser Viertel hinweggefegt sind und genauso viele Spuren der Zerstörung hinterlassen haben. Sie zogen vor siebeneinhalb Monaten ins Nachbarhaus ein, und seitdem hat sich mein Leben grundlegender verändert als in den vierzig Jahren davor. Die Schittecks haben mich mehr in Atem gehalten als ein *Monsterfilm*.

Alles begann damit, daß ich im Lehnstuhl saß und für Xaveria Arbeiten im Leistungskurs Geschichte durchsah. Seitdem sie 30 Kilo abgespeckt hatte und alle Anzeichen einer magersüchtigen Asketin entwickelte, fiel ihr das Korrigieren von Klausurarbeiten immer schwerer. Für mich dagegen hatte es sich gerade zu einer Art meditativer Rückbesinnung auf die wahren Werte des Lebens entwickelt.

Eines der Schitteckkinder war auf den großen Apfelbaum vor unserem Wohnzimmerfenster geklettert. Es hing dort – mit beiden Armen und Beinen einen starken Ast umklammernd, den Kopf nach unten wie ein Kletteraffe – und mußte mich so schon eine ganze Weile beim Korrigieren beobachtet haben. Ob es männlichen oder weiblichen Geschlechts war, konnte ich aus dieser Entfernung nicht erkennen, weil ich gerade meine Weitsichtbrille verlegt hatte.

Als es eine Weile zu mir hereingestarrt hatte, rief es: «He, du vertrocknete alte Religionsschwuchtel...»

Was auch immer das Wort «Schwuchtel» in seiner kindlichen Vorstellung bedeuten mochte und warum es glaubte, daß ich Religionslehrer sei (ich war zwar Lehrer für Philosophie und Religion, momentan aber Leiter eines «Schulversuchs im Unterrichtsfach Ökologie» an der örtlichen Gesamtschule, einem glatten, finsteren Felssteinbau) – dies schien der Tag zu sein, an dem ich im Sinnen und Trachten der Schittecks einen festen Platz einzunehmen begann.

Die Schittecks bestanden aus einer nicht genau zu ermittelnden Anzahl von Familienmitgliedern, und jedes von ihnen besaß die Gabe, einem Alpträume zu verursachen, gegen die gewöhnliche Alpträume wie das Zählen von Schäfchen beim Einschlafen sind. Ich bin zu einem Monstrum, einer kriminellen Bestie ohne Gewissen geworden, jederzeit bereit, in die Landeszentralbank einzubrechen, wenn das Risiko in einem vernünftigen Verhältnis zum Gewinn steht. Oder dem Papst obszöne Briefe zu schicken, falls es meinem seelischen Wohlbefinden dient.

Man jagte mich durch die finstersten Höllen der Selbsterkenntnis. Ich zünde mir mit den Seiten des Neuen Testaments einen Joint nach dem anderen an und rauche Marihuana, dem Opium zugesetzt wurde. Oder noch schlimmer: *Crack*. Denn Crack, das aus Kokain mit Backpulver zu hitzebeständigen weißen Klümpchen verbacken wird, dringt innerhalb von zehn Sekunden in jene mysteriösen Bereiche des Gehirns ein, wo sich das seltsam flackernde Etwas befindet, das wir «Ich» nennen, und schädigt die normale Funktion der Gehirnnerven auf Jahre. Ich erwache manchmal, während ich nachts auf der anderen Seite des Erdballs unter der Dusche stehe, und frage mich, wie ich dorthin gelangt bin. Durch Telekinese oder posthypnotischen Auftrag?

Ich glaube, ich habe noch nicht erwähnt, daß die Schittecks medial überdurchschnittlich begabt waren?

Xaveria behauptete sogar, daß sie Hundezwinger und Igel durch die Luft fliegen lassen konnten. Die Schittecks waren Kraken. Böse Geister in Menschengestalt, die Unterwelt hatte sie ausgespien, und wenig später trieben sie in unserer friedlichen Kommune ihr Unwesen und ließen den Boden durch rauschende Feste erbeben. Saß man gemütlich auf der Veranda, um ein paar Psalmen zu lesen und darüber nachdenken, warum Jesus wohl so unchristlich gewesen war, den Teufel in die *Gadarener Säue* fahren zu lassen, so machte sich ihre Anwesenheit schon dadurch bemerkbar, daß die Gläser auf dem Tisch zu zittern begannen. Die Gegend hatte einen Erdbebenherd bekommen.

Nun gut, mag sein, daß ich parteiisch bin und übertreibe, und daß sie nur ein wenig ausgelassener als normale Menschen feierten. Aber soviel ist jedenfalls verbürgt: Ich habe in meinem Leben noch keine Familie kennengelernt, die weniger Wert auf das Urteil und die Meinung ihrer Mitmenschen legte.

Schitteck *senior* war ein arbeitsloser Dieb und Betrüger. Seine Frau Elvira schien alles auf einmal zu sein, Hausfrau und Stripteasetänzerin, Medium spiritistischer Sitzungen, Wahrsagerin, Reinemachefrau. Aber am liebsten lag sie in ihrer Hängematte zwischen den alten Gartenbäumen und überließ die Schitteckkinder ihrer natürlichen Raubtiergesinnung. Oder sann darüber nach, womit sie eine arme Seele wie mich dem Teufel zuführen könnte...

Vier ihrer acht bis fünfzehn Gören lebten als sogenannte «Vollwaisen» bei sozial gesinnten Familien und tauchten nur zu Geburtstagen und ähnlich lukrativen Festlichkeiten im Hause der Schittecks auf. Das genialste Schitteckkind aber dürfte *Lutz* gewesen sein.

Lutz war ungefähr zwölf Jahre alt, trug das Haupt eines frühzeitig gealterten Mannes auf den schmächtigen Schultern und galt in seiner Familie als hellster Kopf der Neuzeit. Er trank täglich bis zu zwanzig Tassen Kaffee oder, alternativ, fünf Literflaschen Coca-Cola, und verzehrte, bequem auf der Bordsteinkante hingeflegelt, die Flasche griffbereit, wahre Unmengen von Lakritzschnecken. Das Koffein schien die kreativen Zentren seines Gehirns zu stimulieren, denn wahrscheinlich war kurz darauf der Motor meiner Ökopumpe als Antrieb für einen neuen Typ von Schlauchboot zweckentfremdet worden, das heulend über den Teich jagte. Oder ich entdeckte, daß er mein Verandageländer an einen vorbeifahrenden Antiquitätenhändler verkauft hatte. Und einige dieser kreativen Anfälle waren auch dafür verantwortlich, daß ich nicht mehr bin, was ich war, sondern auf meine alten Tage (ich bin fünfzig, fühle mich aber eher wie achtundsechzig) die Polizei mehr fürchte als den Ausschluß aus der evangelischen Kirche.

Jemand behauptete zwar, die Schitteckkinder besäßen gar kein Gehirn, und wollte sogar das Bild einer *Kernspintomografie* gesehen haben. Die betreffende Stelle im Kopf habe einen weißen Fleck gezeigt. Aber das war angesichts ihrer schöpferischen Energien wohl nur eine böswillige Verleumdung. Ich glaube, daß sie sehr wohl Gehirne hatten – und daß sie gleich nach der Geburt dem Teufel geweiht wurden.

Den Schittecks war nichts heilig. Sie kippten ihre Abfälle aus dem Fenster auf die Straße und ließen das Haus um Mitternacht von Rock- und Popmusik erbeben. Unbarmherzig helle Scheinwerfer erleuchteten das Areal, damit jemand, der sich der Veranda näherte und höflich um ein wenig Nachtruhe bat, unweigerlich von einem aus dem Fenster fallenden Blumentopf oder dem Schuß aus einer Luftpistole getroffen wurde. Denn die Schittecks waren begabte Schützen, sie hatten, wie man so schön sagt, «Zielwasser getrunken». Ihre manuelle Geschicklichkeit ließ jeden professionellen Jongleur erbleichen.

Ich sah in ihren Gesichtern die rumänische Abstammung und das – genetisch nur unwesentlich verwischte – Zigeunerblut. Andere dagegen behaupteten, nichts von alledem darin entdecken zu können, sondern eine eher nordische Herkunft. Wären die Schittecks gewöhnliche Asylanten gewesen – wie einfach, sie mit ein paar Eisenstangen oder Molotowcocktails aus der Stadt zu jagen. Aber leider waren sie nie so dumm oder leichtsinnig, bei der Ausländerbehörde Anträge wegen politischer Verfolgung zu stellen.

2 Meine erste Begegnung mit Dagmar, der minderjährigen Tochter aus einer «eingeschobenen Beziehung» (wie der *Terminus technicus* im Hause der Schittecks lautete), hinterließ in mir beträchtliche Zweifel an meiner sexuellen Verfassung. Ich habe in meinem Leben *Lolita* von Nabokov vielleicht zwölf- bis achtzehnmal gelesen und bin mit den dort beschriebenen Problemen älterer Männer bestens vertraut. Von der Theorie her sollte es also kein nennenswertes Defizit bei mir geben. Aber leider hat sich auch für mich herausgestellt, daß Theorie und Praxis wohl immer zwei verschiedene Schuhe bleiben werden.

Es war einer jener sonnigen Samstagnachmittage, an denen ich gern hinter dem Haus im Schatten zweier knorriger Walnußbäume saß, um mich ganz meinen weltanschaulichen Überlegungen hinzugeben. Ich atmete die Freiheit des Geistes, das heißt, ich dachte darüber nach, warum ich in einer Zeit wie dieser, wo der materielle Verstand die Oberhand über die Vernunft erlangt hat und die Welt von Mikroprozessoren und Antibabypillen gesteuert wird, einem so antiquiert anmutenden Beruf wie dem des Philosophielehrers nachging. Die Antwort ist, daß ich ihn als *Bastion* und *Oase* empfand. Irokesenhaarschnitt, infrarotgesteuerte Bomben, Latexpenisse und Computerspiele, bei denen Asylanten gejagt und Kopfprämien vergeben werden – das alles verliert seine Wirkung, wird aufgehoben und verwandelt angesichts eines zweieinhalbtausend Jahre alten Nachdenkens über die Frage, was es mit der Welt auf sich hat.

Durch das Küchenfenster hörte ich Xaveria zum sechsten Mal in dieser Woche den Eichenboden schrubben (man hatte sie wegen ihrer nervösen Beschwerden für ein paar Tage vom Schuldienst beurlaubt). Daß er so hygienisch wie ein ausgeglühtes Pizzabrett war, verschaffte mir ein sicheres Gefühl, denn schon die Vorstellung von schädlichen Keimen löst allergischen Schnupfen bei mir aus.

Den Schittecks bereitete es gerade Vergnügen, den größten als «Feuchtbiotop» deklarierten Badesee des Landes anzulegen. Die Überschwemmung reichte bis zum Anwesen der Klein-Familie...

Glücklicherweise stand ihr Bungalow auf einer natürlichen Anhöhe. Die Häuser von BIO-EINS waren wie Rom auf sieben Hügeln erbaut, jedes mit eigener Holzveranda, Gras- und Kräuteranpflanzungen, Sträuchern und langstieligen Wildblumen. Wir hatten vor elf Jahren einen verfallenen Militärkomplex zwischen verkehrsumtosten

Wohnsilos und dem Chemiewerk erworben, um darauf eine umweltbewußte Musterlandschaft anzulegen, ein Vorbild für das Wohnen der Zukunft. Durch einen etwa hundertfünfzig Meter langen Hohlweg, über den zwei Reihen dicker Rohre des Chemiewerks in die benachbarte Entsorgungsstation und zur Raffinerie laufen, gelangte man von BIO-EINS zu BIO-ZWEI.

BIO-ZWEI war so etwas wie die größere Schwester von BIO-EINS. Das Areal wurde unserer Schule eigens von der Landesregierung für meinen «Schulversuch im Unterrichtsfach Ökologie» zur Verfügung gestellt, um die Richtigkeit der ökologischen Weltauffassung zu demonstrieren – unter der Schirmherrschaft des Ministerpräsidenten übrigens, was der örtlichen Presse immer wieder Anlaß bot, kleine Artikel über unsere Arbeit zu verfassen. Ihr besonderes Interesse galt dabei einem Lebewesen, das BIO-ZWEI zum fast schon mystischen Wallfahrtsort der Biologen und Umweltschützer machte. Dort hatte sich nämlich – offenbar durch Mutation und wohl nicht ganz ohne Zutun des benachbarten Chemiewerks und der Bodenstrahlung – aus dem gewöhnlichen gelbbraunen Grasfrosch, der früher in den Feuchtbiotopen der Teiche und Bäche lebte, der «schwarzgrau melierte Kohlenfrosch» entwickelt.

Obwohl in BIO-ZWEI an manchen Tagen immer noch kleine Rauchsäulen aus dem im Boden glühenden Koks aufstiegen, war das Gelände inzwischen vollständig bepflanzt und wieder so verwildert, daß man von einer nachindustriellen Urlandschaft sprechen konnte. Allerdings wurde es wegen des leicht radioaktiv strahlenden Abraums nie zur Bebauung freigegeben.

BIO-EINS dagegen stand trotz der Nachbarschaft des Chemiewerks und der Raffinerie auf bestem Grund und

Boden, weil der Wind gewöhnlich in nördliche Richtung wehte. Aus den Fenstern der Mietskasernen, die uns wie hohe Gefängnisbauten umgaben, beobachtete man ungläubig und immer noch voller Argwohn das Spiel der drei Windkrafträder auf den Hügelkuppen, die Solarzellen und bepflanzten Erddächer, und wartete darauf, ob nicht doch noch ein einziger starker Regenguß unsere Bungalows aus Holz und Lehm-Knochenleim-Sägemehl-Mischung einfach hinwegschwemmen könnte. Das Material wurde am Institut für ökologische Rohstoffe entwickelt und soll haltbarer sein als gewöhnlicher Mörtel.

Es war eine heile Welt, gegen die alle Lustwogen der Spielsalons, Peepshows und Sexläden aus den angrenzenden Bezirken immer wieder vergeblich anbrandeten. Zwar fraß sich das Unheil trotz unseres erfolgreichen Versuchs wie beim Tageabbau der Braunkohle unaufhörlich weiter, aber es hatte sich dafür die ergiebigeren Randzonen der Stadt ausgesucht.

Die Schittecks hatten genau wie wir eine völlig unbefangene Beziehung zum Unkraut. Es konnte gar nicht hoch genug wachsen. Darin waren sie ökologisch durchaus auf der Höhe der Zeit und «Alternative» im wahrsten Sinne des Wortes. Vielleicht glaubten sie ja, der alte Brookmann habe ihnen mit dem Haus und seinem Anteil am Gelände von BIO-EINS auch das Recht vererbt, ungehemmt und ohne jeden Skrupel ihre ökologischen Schnapsideen auszuleben. Brookmann hatte in unserer letzten Mitgliederversammlung vor seinem mysteriösen Verschwinden gegen die Satzung von BIO-EINS durchgesetzt, daß er selbst einen würdigen Nachfolger bestimmen dürfe. Mit einer Einschränkung allerdings: Seine Erben sollten die Ideale von BIO-EINS genauso ernst nehmen wie seine Gründer. Und genau an jenem Samstagnachmittag, als das Unkraut etwa Mannshöhe erreicht hatte, begannen die Schittecks mit der Einleitung undefinierbarer graubrauner Flüssigkeiten in die Senke. Ich saß in meinem Liegestuhl und versuchte eben eine gedankliche Beziehung zwischen Heideggers «Abgrenzung der Daseinsanalytik gegen Anthropologie, Psychologie und Biologie» und meiner Vorstellung von einem selbstverantwortlichen menschlichen Wesen herzustellen, als ein ungewöhnliches Glucksen zu hören war. Es schwappte und brodelte jenseits der kniehohen, von Farnen überwucherten Lehmmauer, die unsere Gärten trennt. Dann trieb eine leere Apfelsinenkiste vorüber. Gleich darauf sah ich den alten Schitteck bis zur Brust im Wasser waten. Er trug einen grünen Angleranzug mit angeschweißten Stiefeln. Die Stange in seiner Hand diente offenbar dazu, den Wasserstand zu ermitteln.

Als er ein paarmal damit herumgestakt hatte, warf er sie weg, riß seine Arme über den Kopf – und irgendwo im Haus ertönte Freudengeheul. Die Einleitung der trüben Flüssigkeit wurde gestoppt.

Seitdem waren wir Anlieger eines beachtlichen Weihers. Anfangs hatte ich dem Teich keinerlei Überlebenschancen gegeben. Ich hoffte, die jaucheähnliche Brühe würde sofort wieder im Boden versickern. Aber das Erdreich wehrte sich zu Recht und mit Erfolg dagegen, auf diese scheußliche Weise verunreinigt zu werden.

Ein paar Minuten, nachdem sich das Ufer wie bei der Erschaffung der Erde als braune Kruste im Dunst abzuzeichnen begann, tauchte Dagmar mit Handtuch, Luftmatratze und Sonnenbrille am «Strand» auf. Sie hatte sich einen Flecken ausgesucht, der neben meinen Walnußbäumen lag. Ein Radio plärrte, und der Geruch von stark parfümiertem Sonnenschutzmittel wehte zu mir herüber. Dagmar war frühreif, was ihre obere Körperhälfte anbelangte, und sie bemerkte, daß ich es bemerkte.

Wir spielten eine Zeitlang das Spiel «Niemand schaut hin, wenn ich gerade hinschaue», aber die Sache wurde ihr schnell langweilig. Als ich mich wieder meinem Buch widmete, erfaßte sie deutliche Unruhe. Ich nahm es aus den Augenwinkeln wahr – die Sonne hatte sich schamhaft hinter ein paar aufgetürmten Gewitterwolken versteckt –, und plötzlich wisperte ihre Stimme gerade so laut, daß der alte Schitteck es bei seiner Uferbegehung durchs hohe Unkraut nicht hören konnte:

«Hallo, Alter, wie wär's denn mit uns beiden? Ein paar flotte Minuten im Kartoffelkeller gefällig? Müßte mal wieder meine Kasse aufbessern. Die Eintrittspreise in euren verdammten Vorort-Diskos sind ja kaum noch zu bezahlen.»

Ich horchte so ungläubig dem Klang ihrer Worte nach, als ertöne Marias Stimme vom Nebenaltar (obwohl das für einen evangelischen Christen keinen allzu großen Stellenwert haben sollte.)

«Hat's dir etwa die Sprache verschlagen? Sieh mal, was ich dir mitgebracht habe...» Sie hob ihre Schätze, zwei volle Hände. Es waren glatte, weiße Jungmädchenbrüste, und mir rutschte vor Verblüffung der Heidegger ins Gras. «Deine Frau schrubbt gerade wieder mal die Küche, und mein alter Herr wird sich jetzt ins Haus verdrücken, um die Goldfische im Weiher auszusetzen.»

«Haben Sie denn gar keinen Freund, der Sie in die Disko einladen könnte?»

«Was denn, nur einen Freund? Ich bin ein Mädchen, das auf mehr als einer Flöte bläst, falls dir das was sagen sollte. Laß uns hier verschwinden und schenk mir ein paar klitzekleine Ohrringe.»

«Und wohin, wenn ich fragen darf?»

«Am Bahnhof gibt's ein hübsches kleines Stundenhotel mit Hintereingang.»

Ein Angebot, wie dazu geschaffen, um mir in meiner beruflichen Stellung Läuse in den Pelz zu setzen. Aber ich sagte mir, daß ich schon viele junge Menschen auf den rechten Weg zurückgebracht hatte, und dieses Mädchen hatte es sicher bitter nötig. Wenn ich ihr jetzt einen Korb gab, würde vermutlich ein anderer an meine Stelle treten. Aids, Schwangerschaft, Suizidgefahr. Die Zahl möglicher Nachrücker aus den freudlosen Wohnsilos der Umgebung lag nahe bei unendlich.

«Na, wie steht's denn mit uns beiden?»

Ihre Stimme war so scharf und schneidend, daß der alte Schitteck, der eben eine volle Zinkwanne aus dem Haus trug, sich angesprochen fühlte und mit zahnlosem Mund herüberrief: «Ich setze Zappel und Wuddi gerade am Nordufer aus, Dagmar.»

«Hab verstanden, Paps... und paß gut auf, daß Wotan Zappel keine Kinder macht.»

Xaveria erschien wegen des Lärms am Fenster und warf einen argwöhnischen Blick auf mich und das Walnußgehölz. Glücklicherweise waren die Kronen so dicht, daß sie ihr den Blick auf Schittecks brünstige Tochter versperrten. Ich winkte Xaveria zu, und sie winkte dank dieser unerwarteten Liebesbezeigung verhalten zurück.

«Dein Heidegger ist ins Gras gefallen», rief sie.

«Ja, ich weiß.»

«Laß dich doch vom Eierhändler bespringen», wisperte Dagmars böses Stimmchen hinter der Mauer.

«Der Eiermann ist im Urlaub», rief Xaveria, die Behinderte, die Schwerhörige. «Wenn du zum Abendbrot Eier willst, mußt du dir welche im Konsum besorgen.»

Hinter mir antwortete ein wasserhelles Kichern.

Ich sagte: «Nein, danke, hab's mir anders überlegt. Wahrscheinlich werde ich heute abend fasten.»

«Du wirst dich noch wie ich zu Tode hungern.»

«Jesus hat in der Wüste vierzig Tage gefastet, und es hat weder ihm noch seiner Sekte irgend etwas anhaben können.»

«Du und dein religiöser Tick», erwiderte sie und schlug das Fenster zu. Sie war eine Frau, die mit beiden Beinen fest auf dem Boden der Realitäten stand (wenn diese Beine nicht gerade wegen exzessiven Fastens ins Zittern gerieten). Daß sie ausgerechnet einen evangelischen Philosophielehrer geheiratet hatte, konnte ihr nur in einer Lebensphase jugendlichen Leichtsinns und romantischer Umnachtung unterlaufen sein. Heutzutage hätte sie sicher einen Schlossermeister vorgezogen, der um Mitternacht aufstand, um tropfende Wasserhähne zu reparieren. Oder einen Anstreicher, der ihr zweimal im Monat das Haus tapezierte.

Wahrscheinlich würde sie einen hysterischen Schreikrampf bekommen, wenn sie das schmutzigbraune Feuchtbiotop der Schittecks entdeckte. Aber da ihr Blick niemals die Grenze unseres Gartens zu überschreiten pflegte, war die Gefahr gering. Sie war wie jemand, der nicht über den Rand seiner ganz privaten kleinen Welt hinauszublicken vermochte, es sei denn als für die Schule aufbereitete «Lehreinheit».

«In fünfzehn Minuten an der Bushaltestelle», sagte ich über die Mauer. Es gab Seelen, die gerettet werden wollten, und andere, bei denen jeder Versuch vergeblich sein würde. Jesus oder Ludwig Wittgenstein stehe mir bei.

3 Wenn keine besonderen Gründe (Schwangerschaften, lebensbedrohliche Krankheiten) dagegen sprachen, begann der Tag der Schittecks gewöhnlich mit Sirenengeheul – einem auf- und abschwellenden Ton wie beim Luftalarm. Dagmar hatte mir anvertraut, daß dieser nervenaufreibende Lärm der einzige Schachzug sei, ihre Familie vor dem Mittagessen aus den Betten zu treiben. Angesichts einer Welt, deren Sinn sich dem Wachen immer mehr verschließt, vielleicht gar keine schlechte Methode, um dem Schicksal eins auszuwischen.

Möglicherweise ahnten oder witterten die Schittecks auch schon wie Tauben und Katzen beim Erdbeben den kommenden Weltuntergang – die *Endzeit*, die für weniger medial begabte Gemüter leicht am Treibhauseffekt, an der Zunahme der UV-Strahlung, der Verseuchung des Grundwassers und dem Anstieg der Ozeane abzulesen ist. Als Beweis für die medialen Fähigkeiten der Schittecks brauchte man sich nur unsere Telefonverbindungen anzusehen.

Jeder normale Mensch greift bei so erbarmungslosen Ruhestörungen sofort zum Hörer, um Anzeige zu erstatten. Aber die Leitungen waren während ihres Sirenengeheuls tot. Klein, der an Herzasthma leidet, gab nach drei Versuchen auf, und ich selbst konnte seine Beobachtung nur bestätigen, weil ich der Sache schon aus beruflichem Interesse an jeder Art von okkulten Phänomenen nachging. Jesu Gang über den See Genezareth erscheint mir immer noch als eine der großen paranormalen Leistungen des Altertums. Kaum war der Lärm verstummt – und die Beweislast auf seiten der Kläger –, funktionierten auch die Telefone wieder.

Mag sein, daß die Störung eine völlig natürliche Ursache hatte und die Vibrationen ihrer Weckmethode bloß ein Relais im Schaltkasten außer Gefecht setzten. Um so erstaunlicher bei diesem Ruhebedürfnis, daß eines Morgens die älteste Tochter der Schittecks an meiner Haustür läutete. Xaveria befand sich gerade wegen ihrer nervösen Anfälle zur Beobachtung im Krankenhaus, deshalb nahm ich an, es sei etwas Unvorhergesehenes passiert. Um vier Uhr morgens würde ich unter normalen Umständen niemandem öffnen. Daß ein Mitglied der Schitteckfamilie so früh wach sein könnte, lag jenseits meiner Vorstellungskraft.

Tanja hatte einen Strauß lilafarbener Rosen mit grünen Einsprengseln mitgebracht. Ein Anblick, der das Herz jedes Kenners höher schlagen läßt, denn diese Variante ist äußerst selten und besonders kostbar. Nach langem Suchen war es mir endlich gelungen, die Wahrheit der alten Blumenzüchter-Legende zu beweisen, daß solche Farbschattierungen genetisch überhaupt möglich sind. Sie wuchsen ganz ohne unser Zutun (sieht man einmal von der Bodenstrahlung und den Schadstoffen ab) in einer Grassenke oberhalb der «kleinen Grotte» von BIO-ZWEI, und als ich sie eines Morgens bei einem Spaziergang entdeckte, war es, als wohnte ich einem der großen Wunder der Schöpfung bei...

Seitdem hütete ich fünf Exemplare in dem winzigen Experimentaltreibhaus unseres Gartens, das sonst der genetischen Rekonstruktion von Urpflanzen dient. Allerdings muß ich gestehen, daß mich die Frage, ob Tanja denn nun wirklich auf den Strich ging (wie seit ihrem Einzug im Viertel gemunkelt wurde), momentan mehr beschäftigte als alles andere. Deshalb klang ihre Stimme Welten entfernt, als sie sagte: «Im Namen der Familie Schitteck überreiche ich Ihnen und Ihrer Frau feierlich diesen Strauß – auf gute nachbarschaftliche Beziehungen...»

«Meine Frau ist nicht da», murmelte ich geistesabwesend – Freud würde behaupten, um Tanja unbewußt darauf hinzuweisen, daß meine Wohnung sturmfrei sei. Obwohl ich zu diesem Zeitpunkt guten Gewissens das Gegenteil hätte behaupten können. Aber so verhält es sich nun mal mit den unbeleuchteten Tiefen unseres Bewußtseins.

Tanja war ein dürrer Klepper und so knochig, daß man sie, ohne weiter darüber nachzudenken, sofort zum Frühstück einlud.

Ihr Katzenblick erinnerte mich auf frappierende Weise an Charlotte Rampling, deshalb nannte ich sie fortan in Gedanken nur noch Charlotte. *Charlotte, Licht meines Lebens, Feuer meiner Lenden. Meine Sünde, meine Seele. Char-lot-te: die Zungenspitze macht drei Sprünge den Gaumen hinab und tippt bei Drei gegen die Zähne. Char.Lot.Te* – falls es erlaubt ist, vorzugreifen und für meine Liaison einen berühmten Dichter zu zitieren. Die schlichten Worte eines Lehrers der Philosophie wären Charlottes Reizen sicher nicht gerecht geworden. Mein Leben lang habe ich von knochigen Frauen geträumt. Doch das Schicksal hat mich bis zum Auftauchen der Schittecks und Xaverias Hungerkuren nie erhören wollen.

Sie werden sich vermutlich fragen, was einen asketischen Denker wie mich schon nach zwei, drei Wochen Bekanntschaft mit den Schittecks dazu bringen konnte, soviel Fleischeslust zu entwickeln? Dasselbe habe ich mich auch gefragt – und des Rätsels Lösung schließlich mangels besserer Erklärungen den geheimnisvollen hormonellen Ausdünstungen der Schitteckfrauen zugeschrieben. Vielleicht war es auch nur der Hunger, die Austrocknung.

Doch anders als Dagmar machte Charlotte (Tanja) keine Anstalten, ihre Bluse zu öffnen. Ich entdeckte, daß die Schitteckkinder alle verschieden waren. Nicht nur äußerlich, das wäre schließlich zu erwarten gewesen, sondern auch charakterlich. Vielleicht kamen sie auf unterschiedliche Väter heraus. Meine begeisterte Bemerkung über ihre Blumen konnte ihr nur ein unmerkliches Lächeln entlocken.

«Darf ich Ihnen etwas von unseren Lebkuchen anbieten? Leider habe gestern nichts mehr zum Frühstück besorgen können.»

«Gern, wenn er nicht von Weihnachten ist.»

Als ich mit dem Tablett zurückkam, saß sie am Fenster und sah deutlich fülliger aus als vorher in ihrem grauschwarzen Leinenkostüm (ein Eindruck, den ich mir erst später erklären konnte). Sie verzehrte eindreiviertel Karton von dem süßen Zeug, und danach die Bruchstücke der Glasur, die sie mit ihren spitzen, muschelfarben lackierten Fingernägeln aufpickte, um sie sich Krümel für Krümel mit zurückgelegtem Kopf und herausgestreckter rosa Zunge einzuverleiben. In meinem Unterleib heulten Alarmsirenen so laut und schrill wie die Weckinstrumente der Schittecks.

Ich sagte mir, mein augenblicklicher Zustand von Verwirrtheit könne nur durch die Ausdünstung eines besonders gefährlichen weiblichen Hormons hervorgerufen werden – dieses und keines anderen. Denn gewöhnlich reagierte ich auf weibliche Schönheit wie jeder x-beliebige Mann meines Alters. Unter gebildeten Männern unserer Kreise pflegen die Kommentare niemals vulgär oder schwülstig zu sein. Es war eine Vergiftung, die mich augenblicklich in die Verblödung und Unzurechnungsfähigkeit führte. Das Gefühl, Charlotte beim Essen zuzusehen, übertraf jeden gewöhnlichen sexuellen Kontakt. Als ich den dritten Karton heranschleppte, entschuldigte ich mich undeutlich murmelnd dafür, daß er bereits angebrochen war.

«Ist Ihnen nicht gut?» Sie stemmte ihre Arme in die knochigen Hüften und wandte keinen Blick mehr von mir. Ich studierte mit bebenden Lippen ihre tiefliegenden Augen, ihre schlanke Nase, so aristokratisch wie die einer spanischen Gutsbesitzerstochter. Ich sah in ihnen die Glut, die im Mittelpunkt der Erde brennt. Ich hörte Nachtigallen singen, Gebirgsbäche plätschern. Ihre rosafarbene Zunge umschlang ein Stück Lebkuchen. Ich war von der Zwangsvorstellung besessen, meine Gedanken seien mir von der Stirn abzulesen.

«Nein, wieso?»

«Sie machen so einen entrückten Eindruck.»

«Sicher, weil ich noch nicht gefrühstückt habe.»

«Hier, möchten Sie?» fragte sie mit vollem Mund und hielt mir den angebrochenen Karton Lebkuchen hin.

«Nein, danke. Mir bekommen nur biologisch angebaute Lebkuchen. Das Zeug da ist ein Geschenk meiner Klasse. Meine Schüler schenken mir bei jeder Gelegenheit Lebkuchen. Wenn Sie wollen, zeige ich Ihnen jetzt unsere Sammlung alter Klassenfotos?»

«Alte Fotos, gütiger Himmel... aber was tut man nicht alles für gute nachbarschaftliche Beziehungen», seufzte sie.

«Sie werden begeistert sein. Die meisten meiner früheren Zöglinge sind jetzt Bankdirektoren, Manager, Theateragenten, Bürgermeister, Kardinäle oder Vorstandsvorsitzende.»

«Also ausgemachte Krämerseelen, wollen Sie sagen?»

«Bitte?»

«Kein rechtschaffener Mensch wählt solche Berufe.»

«Und Ihr Vater? Kommen wir mal auf Ihren Herrn Vater zu sprechen. Wovon lebt er eigentlich? Wie ernährt er seine Familie?»

«Mein Vater ist ein professionelles Überlebensgenie. Haben Sie schon mal was von Robin Hood gehört? Er sorgt für die Armen – und zwar auf Kosten der Reichen.»

«Sicher, ich verfüge über eine solide Bildung. Außerdem war Robin Hood so etwas wie ein Vorläufer der Umweltbewegung. Er lebte mit seinen Getreuen im Wald und kämpfte für mehr Gerechtigkeit.»

«Tatsächlich?» fragte sie überrascht. «Auf Umweltschutz wäre ich nie gekommen. Also gut, dann zeigen Sie mir schon ihre lächerlichen Fotoalben. Haben Sie zufällig Pontechelly-Pralinen im Haus?«

«Pontechelly-Pral... ? Nein.»

«Trüffel in Cognaccreme. Gott, ich weiß wirklich nicht, wo mir der Kopf steht. Die ganze Nacht über diese laute Musik. Pontechellys sind wie Aspirin für mich.» Charlotte preßte stöhnend ihre durchscheinenden weißen Finger gegen die Schläfen.

«Sie haben die Nacht bis zum Morgengrauen in einer dieser lauten Diskos zugebracht, stimmt's? Ich könnte den Delikatessenhändler an der Straßenkreuzung herausklingeln und ihm ein paar Pontechellys abluchsen.»

«Wenn Sie das für mich tun würden, Paul... das wäre wirklich großartig!» Charlotte (Tanja) schlang ihre dünnen Ärmchen um mich.

«Er wird fuchsteufelswild werden. Es ist dreiviertel fünf.»

«Bis Sie da sind, ist es sechs.»

«Er öffnet erst um neun.»

«Ich würde sehr, sehr nett zu Ihnen sein», beteuerte sie. «Ich würde Ihnen das niemals vergessen. Schmerzen sind meine Achillesferse. Ich kann nicht mal vertragen, wenn mir der Friseur den Nacken ausrasiert.»

«Dann sollten Sie vielleicht ein Desensibilisierungstraining belegen. Das könnte Ihnen die Angst nehmen. In der Gemeinde werden kostenlose Kurse abgehalten.»

«Doch nicht etwa bei der Kirchengemeinde, Paul?»

«Und warum nicht, wenn ich fragen darf?»

«Das Weihwasser würde in den Becken verdampfen. Und die Kruzifixe fielen von den Wänden. Wir sind keine gewöhnliche Familie. Wir sind... na ja, wir sind ziemlich überzeugte Atheisten.»

«Bei den Evangelischen geht es viel nüchterner zu. Da finden Sie gar kein Weihwasser. Und Sie wären nicht der erste Atheist, der einen Kurs bei der Kirchengemeinde belegt. Wir hatten schon Huren, Päderasten und Leichenschänder. Die Kirche ist für alle da.»

«Lieber nicht. Aber ein paar Pontechellys würden mir wirklich helfen.»

Also machte ich mich seufzend auf den Weg durch den grauen Morgendunst.

Dazu war ich gezwungen, unser intaktes Viertel zu verlassen und in die Zone außerhalb von BIO-EINS vorzudringen. Ein Zwergpinscher versuchte mir ins Bein zu beißen. Eine Möwe lud vom Gestänge des Kinotransparents ihre Morgentoilette auf mich ab. Der Sprengwagen der Straßenreinigung erwischte meine Hosenbeine. Ein durch die Luft wirbelnder Margarinekarton traf mich am Hinterkopf, als ich das Gebläse der Tiefgarage passierte. Gegen all diese morgendlichen Attacken klangen die Beschimpfungen des Konditormeisters geradezu wie Schmeicheleien. Er ist der Halbbruder meines Nachbarn

Hitzacker, und als er mich endlich im Dunst erkannte, warf er eine ganze Packung *Pontechellys* mit der Bemerkung aus dem Schlafzimmerfenster, unsere einheimischen Pralinen seien mir wohl nicht gut genug.

Ich verfütterte das Zeug Stück um Stück an Charlotte (während sie ihren Kopf an meine Schultern gelegt hatte und in den Alben blätterte). Sie wirkte noch etwas fülliger als vorher. Mag sein, daß bei dieser Konstitution schon drei- bis viertausend Kalorien ins Gewicht fallen. Charlotte verzehrte etwa zehntausend, davon kann man natürlich eine gewisse Wirkung erwarten.

Ich legte vorsichtig meinen Arm um ihre Schultern.

«Sie waren doch kürzlich mit meiner Schwester Dagmar zusammen?»

«Nicht, daß ich wüßte.» Wittgenstein stehe mir bei! Ein Mann in meiner Position kann es sich nicht einmal erlauben, in *falschen* Verdacht zu geraten, geschweige denn, wegen der Verführung Minderjähriger angeklagt zu werden.

«Diese verlogene Schlampe.»

«Vielleicht hat sie mich mit jemand anders verwechselt.»

«Nein, sie sagte: ‹Es war Paul Grob von nebenan – der Bursche mit dem Umwelttick.› Dagmar flunkert eigentlich nur, wenn sie in Schwierigkeiten ist.»

«Daß Sie Ihre eigene Schwester als Schlampe bezeichnen, macht mich doch etwas betroffen. Oder gelten solche Verbalinjurien in Ihrer Familie als Koseworte?»

«Verbalin…? Sprechen Sie lieber deutsch mit mir, Paul.»

«Oh, Verzeihung.»

«Die Schittecks haben es nicht nötig, sich anzulügen. Sie sind ehrlich und aufrichtig. Sie sagen, was sie denken.

Dagmar ist ein wenig schlampig, sie treibt's mit mindestens drei Kerlen in der Woche. Und Sie sollten auch wissen, daß sie an chronischen Geschlechtskrankheiten leidet – resistenten Erregern, wenn Ihnen das etwas sagt? Bei uns würde keiner so tun, als sei sie ein Engel. Sie will von ihren Freiern ein Kind, und wir unterstützen sie darin – ein hübsches kleines Kind mit Teufelskrallen und Hörnern, so blondgelockt wie Jesus Christus, dieser Scharlatan und Verführer.»

«Was sagen Sie da... ein Kind?» fragte ich und stand auf. *«Geschlechtskrankheiten?»*

«Weil sie's immer ohne macht, die verrückte Nudel.»

«Sie nehmen mich auf den Arm, Tanja?»

«Das müßten Sie doch selbst am besten wissen. Waren Sie denn nicht im Bahnhofshotel mit ihr?»

«Nein, wie kommen Sie darauf?»

«Sie geht mit allen Freiern ins Bahnhofshotel. Es kommt ihr nun mal am besten, wenn draußen Züge über den Bahnsteig donnern.»

«Nicht mit mir, ich bin seit dreißig Jahren verheiratet.»

«Na kommen Sie, Paul. Sie sind doch so was wie ‹ein verklemmtes sexuelles Genie. Das merkt man an Ihrem feuchten Hundeblick. Ihre Nervenenden müssen bloß ein wenig freigelegt werden, damit sie wieder funktionieren. Sie haben seit zwanzig Jahren denselben Gaul geritten. Sie kennen jeden Flecken Apfelsinenhaut an Ihrer Frau. Und dann kommt dieses Flittchen, legt sich in den Garten und zeigt Ihnen ihre weißen Brüste...»

«Vielleicht hat sie ja nur den Namen ihres Liebhabers etwas undeutlich ausgesprochen?» sagte ich. «Saul Trog statt Paul Grob, zum Beispiel. In der Nachbarschaft gibt's einen Juden namens Saul Log, fällt mir gerade ein.

Er ist vor einem halben Jahr aus Israel eingewandert, weil ihm das Klima nicht bekam.»

«Und jetzt sind Sie auf den Geschmack gekommen und denken sich: *Wenn ich schon die eine Schitteckschwester flachgelegt habe – was sollte mich daran hindern, es auch mit den anderen zu versuchen?*»

«Das nicht gerade. Aber ich muß gestehen, daß ich Sie sehr attraktiv finde, Tanja.»

«Ich suche was mit festem Bauch und praller Brieftasche.»

«Dann sind Sie genau richtig bei mir.»

«Na, das ist wieder mal bezeichnend. Kaum sind die Schittecks irgendwo eingezogen, schon steht das Viertel kopf, und Väterchens Töchter werden geehelicht. Wollen Sie etwa Ihre Frau verlassen?»

«Man kann über alles reden.»

«Schlafen Sie noch mal darüber», sagte sie und stand auf (irgend etwas schepperte wie eine alte Ritterrüstung, während ich Charlotte zur Tür begleitete).

«Danke für die Blumen.»

«Bis bald, Paul.» Sie warf mir eine Kußhand zu.

Ich begleitete sie zur Verandatreppe – dann beobachtete ich, wie sie dem schmalen Pfad am Ufer des Weihers folgte und im Dunst verschwand. Eine Fee, die Fleisch und Blut geworden war. Das Gesicht der Rampling und der Gang einer Königin.

Ich ging in den Garten, um nach den Blumen zu sehen. Als ich das Glasdach des kleinen Treibhauses anhob, sah ich, daß drei meiner kostbaren lilafarbenen Rosen mit grünen Einsprengseln herausgerissen waren; ihre Wurzeln lagen im Sand... Die beiden Überlebenden ließen ihre Köpfe hängen, vielleicht, weil sie dem Verlust ihrer Verwandten nachtrauerten.

Und das Geklapper in ihrem Kostüm?

Ich brauchte eine Weile, um herauszufinden, daß unser achtundzwanzigteiliges Edelstahlbesteck mit dem eingeprägten Bundesadler fehlte. Ein Geschenk des Ministeriums für mein Engagement im Umweltschutz. Es sah wertvoller aus, als es war. Die russische Ikone dagegen – ein Erbstück meiner Mutter – hatte sie nicht der Plünderung für wert befunden – vielleicht, weil ihre Kostümtaschen dafür zu klein gewesen waren? Oder weil Heiligenbilder im Hause der Schittecks unheilvolle Schwingungen erzeugten?

4 Das auffallendste Merkmal von Kraken ist bekanntlich, daß sie ihre Fangarme überall haben, sie befinden sich ständig auf Beutesuche – ihre Saugnäpfe greifen durch alle Öffnungen, den Kamin und Kellerfenster eingeschlossen. Die Schittecks waren Kraken, von denen jede Art eine neue Überraschung bereithielt. (Falls man die Familie nicht gleich als einen einzigen großen Organismus, ein Konglomerat der verschiedensten Unterarten, betrachten wollte.) *Pulpen, Octopoda, Octopodacea, Polypen.*

Wenn ich nachmittags am Wohnzimmerfenster stand, sah ich den alten Schitteck auf einem flachen Holzkahn stehend wie in einer Lagune durchs hohe Schilf des Ufers staken. *Octopus vulgaris* – die Gemeine Krake. Vielleicht zählte er die Goldfische. Oder er dachte darüber nach, die trübe Flüssigkeit auf Flaschen abzufüllen.

Brookmann hatte den Schittecks nach seinem mysteriösen Verschwinden mit dem Haus auch seine «wassertechnische Versuchsanlage» vererbt. An der Nordseite seines Hauses fließt der Dr.-Clemens-Kleiber-Bach durch eine im Boden verlegte Röhre. Für einen alten Junggesellen, der sich dem Umweltschutz verschrieben hatte, genau das passende Objekt der Begierde. Der Kleiberbach, benannt nach dem berühmten Naturschützer, war längst zur braunen Kloake verkommen. Brookmann hatte bei den Behörden erwirkt, für seine Anlage zur Gewinnung «reinen, klaren Flußwassers» beliebige Kontingente durch seine neu entwickelten Spezialfilter zu lenken.

Der kleine Badesee zwischen unseren Gärten beruhte offenbar auf seinem alten Plan, mit einem kleinen Feuchtbiotop zu beweisen, daß sein Experiment kein Hirngespinst war. Die Schittecks beriefen sich bei der Einleitung des Wassers auf Brookmanns testamentarische Verfügung, und da die Wohngemeinschaft von BIO-EINS seinem Wunsch schon vor langer Zeit in der berechtigten Annahme zugestimmt hatte, der Kleiberbach werde sich niemals in Trinkwasser zurückverwandeln lassen, hatte es auch keinen Grund gegeben, seiner Absicht zu widersprechen.

Die gemächlichen Streifzüge des alten Schitteck über den Teich, bei denen er sinnend von seinem Holzkahn aus ins Wasser starrte, erscheinen mir im nachhinein wie Tage voller Frieden und Beschaulichkeit, denn nach der zehnten oder fünfzehnten Fahrt hatte er drei rotgestrichene Stangen mit Wimpeln bei sich, jede etwa zweieinhalb Meter lang, die er in den Seegrund unterhalb des Hitzacker-Anwesens rammte...

Ich nahm mein Opernglas aus dem Schrank und versuchte herauszufinden, wozu er das Terrain abgrenzte. Das Rätsel löste sich erst am späten Nachmittag, als Klein aus dem Nachbarhaus anrief, um mir das überraschende

Ergebnis seiner Recherchen mitzuteilen. Es handelte sich um ein *Magisches Dreieck*, das die Geburt eines Kindes ankündigte. Zur richtigen Zeit und am richtigen Ort in den Boden gerammt, nahmen die Punkte des Dreiecks geheimnisvollen Kontakt zur Geometrie der Sternenbahnen auf und beeinflußten so nach alter Geheimlehre den Charakter und das Schicksal des Neugeborenen. Aber welches Neugeborenen?

Es hieß, bei einem der weiblichen Schitteckkinder sei die Periode ausgeblieben. Ich betete zum Schutzengel der Liebenden, nicht bei Dagmar. Alles, was ich von Dagmar außer einer nebulösen Erinnerung an unser Beisammensein neben den vorüberdonnernden Fernzügen im Bahnhofshotel zurückbehalten hatte, war ein ständiges Jucken. Ich kratzte mich unauffällig unter der Bettdecke und versuchte mit einer Lupe im Badezimmer zu ergründen, welche Plagegeister mich an besagter Stelle zwischen den Beinen heimsuchten. Es waren winzige dunkle Flecke unter der Schambehaarung.

Am nächsten Morgen stahl ich mich mit dem Vorwand aus dem Haus, das Abonnement für meine evangelische Monatszeitschrift zu kündigen, und suchte einen Arzt für Haut- und Geschlechtskrankheiten auf.

Im Wartezimmer warf ich einen Blick auf die beiden Glasvitrinen, in denen zu Demonstrationszwecken die Latexnachbildungen aller Arten innerer und äußerer Sexualorgane der Aufmerksamkeit des werten Besuchers harrten. Doktor Gans war zugleich Spezialist für Geschlechtsumwandlungen. Seine Patienten erinnerten an etwas grobknochig geratene Elefantenbabys mit Damenbart.

«Sie sind zu alt dafür», sagte er, als er einen Blick auf meine Gießkanne geworfen hatte. «Sie kommen zu spät.

Fünfzehn Jahre früher, lieber Mann. Ihre Haut wird runzelig und verliert an Elastizität. Und wem wollen Sie mit einer Operation eigentlich imponieren? Wir werden große Schwierigkeiten bei der Wundheilung bekommen.» Er schwenkte eine blaue Karteikarte vor meinem Gesicht. «Außerdem sprechen in Ihrem Alter Hormone nur noch bedingt an. Der Stoffwechsel ist ein empfindliches Gleichgewicht, das leicht außer Kontrolle gerät.»

«Ich bin nicht der, für den Sie mich halten, Doktor.»

«Das sagen alle.»

«Mein Name ist Grob, Paul Grob.»

«Sie sind nicht Nick Tarzan?»

«Soviel ich weiß, nein.»

Er musterte betreten die Karte in seiner Hand und versuchte mit hochgeschobener Brille die winzige Handschrift seiner Sprechstundenhilfe zu entziffern. Dann hob er das Blatt seufzend vors Gesicht und fächelte sich Wind damit zu. «Nein, richtig, hier haben wir nämlich Nick Terzen, den Kanadier. Es war nur ein Lesefehler, bitte entschuldigen Sie. Terzen behauptet, er könne in Montreal sofort einen Job als Bardame kriegen.»

«Ich bin *krank*, Doktor. Ich leide schreckliche Qualen.»

«Natürlich, das sagen alle. Welche Symptome?»

«Juckreiz, Brennen beim Wasserlassen, Ausfluß, ein gerötetes Knötchen auf dem Penis...»

«Danke, das reicht.» Er nahm eine Lupe zur Hand. Betrachtete meinen Unterleib lange und ausgiebig und mit fachmännischem Blick – dem mitleidiges Staunen folgte.

«Was ist los, Doktor? Muß ich sterben?»

«Sie haben ein buntes Potpourri, Paul.»

«Und wie ist die genaue Übersetzung dieses hübschen Fachausdrucks?»

«Tripper, abklingende Syphilis, Filzläuse.»

«...Syphilis und Filzl...? So eine Schlampe...»

«Das sagen alle.»

«Ich bin nur einmal mit ihr zusammengewesen, ein einziges Mal, im Bahnhofshotel. Ich dachte, aus pädagogischen Gründen könnte es vielleicht hilfreich sein...»

«Aus pädagogischen Gründen, ha ha. Für Ihr Alter sind Sie noch ganz schön erfolgreich auf dem Gebiet, was?»

«Danke, als Pädagoge kennt man seine Tricks. Aber wie gesagt handelte es sich bloß darum, einen jungen Menschen, der auf die schiefe Bahn geraten war...»

«Ist sie minderjährig?»

«Nein, wo denken Sie hin?»

«Dann sollten sich Ihre pädagogischen Bemühungen lieber in Grenzen halten. Das rate ich Ihnen als erfahrener Arzt. Einem zwanzigjährigen Gaul bringt man keine Traberkunststücke mehr bei. Nehmen Sie das Mädchen so, wie es ist. Eine junge Frau, die ihr Leben noch vor sich hat. Das bekommt Ihnen und ihr am besten. Versuchen Sie nicht, den großen Lehrmeister zu spielen, Grob. Meines Erachtens erhöht es nur die Suizidgefahr bei ihr. Eines Tages werden Sie in die Arme Ihrer Frau zurückkehren, und dann verliert das Kind eine Vaterfigur.»

«Wenn sie bis dahin nicht Mutter von Drillingen geworden ist», murmelte ich düster.

«Das arme Mädchen hat sich schließlich an Sie gewöhnt. Es projiziert alle Liebe auf Sie. Der plötzliche Verlust wird es in die größte Krise seines jungen Lebens stürzen.»

«Ich weiß nicht, ob Sie schon mal etwas von der Schitteckfamilie gehört haben? Die Schittecks werden nicht gestürzt, sie stürzen andere in Krisen.»

«Schittecks, *Schittecks*...» überlegte er. «Ja, der Name kommt mir bekannt vor. Ich erinnere mich an eine Großfamilie, die von Stadt zu Stadt zieht, rumänischer oder provenzalischer Herkunft, glaube ich. Sie grast das Terrain ab, und eines Morgens ist sie wieder verschwunden. Ausgeflogen. Ihr Haus steht leer. Niemand weiß wohin. Ich arbeitete damals im Gesundheitsamt einer Kreisstadt oben im Norden, kurz nach meiner Approbation zum Arzt, und hatte dort auch vierzig oder fünfzig Fälle des bunten Potpourris zu behandeln. Als sie abzogen, gründeten einige Familienväter und Junggesellen eine ‹Interessengemeinschaft Schitteckgeschädigter›. Es gab zwölf Ehescheidungen und drei Selbstmordversuche. Und Sie glauben, die Schittecks sind jetzt hier bei uns?»

«Dafür möchte ich meine Hand nicht ins Feuer legen», sagte ich schnell. «Sicher gibt es noch mehr Familien gleichen Namens.»

«Es wäre eine Sensation, ein Fall für die Polizei.»

«Wie gesagt, Doktor. Ich möchte mich da lieber nicht festlegen. Falls Ihre und meine Schittecks wirklich identisch sind, würde es wahrscheinlich meine Kräfte übersteigen, mir die Familie zu Feinden zu machen. Ich bin jetzt neunundvierzig, aber seitdem die Schittecks neben uns eingezogen sind, fühle ich mich eher wie achtundsechzig.»

«Oder sagen Sie das nur, weil Sie befürchten, die Kleine könnte auf Nimmerwiedersehen im Nebel verschwinden, wenn wir die Polizei einschalten?» fragte er mit unbeteiligtem Gesichtsausdruck und begann die Sexualorgane auf seinem Schreibtisch nach Größe und Geschlecht zu ordnen.

«Ich leide an Untergewicht und niedrigem Blutdruck. Ihre Kollegen wollen herausgefunden haben, daß mir Kalzium fehlt. Und ein ganzer Cocktail Mineralstoffe. Aber aus irgendeinem unerfindlichen Grund will mein Körper nichts davon annehmen.»

«Dann gehören Sie zu den immer zahlreicher werdenden Fehlentwicklungen der Natur, Grob – falls Sie die Wahrheit vertragen können? Ich denke, als ein Mann des Geistes haben Sie sich gut genug in der Gewalt, um ein klares Wort zu verkraften. Wahrscheinlich sind Sie nur noch dank der modernen Maschinenmedizin lebensfähig.»

«Meine Nerven werden mit jeder Woche empfindlicher.»

«Ich verordne Ihnen Penicillin, hochdosiert. Und ein Mittel gegen Ihre blutsaugenden Untermieter. Zweimal täglich einpudern.» Er reichte mir die Hand. «Halten Sie mich auf dem laufenden. Die Schittecks sind mir immer einen Anruf wert.»

5 Ich flüchtete in die Geborgenheit des Denkens. Ich versuchte das *Magische Dreieck*, das Feuchtbiotop, Dagmars ausbleibende Periode und meine überstandenen Geschlechtskrankheiten zu vergessen, indem ich mich ganz der Klarheit der Gedanken widmete. Als Student hatte ich bei meinen geisteswissenschaftlichen Studien die Welt vergessen – warum sollte mir diese Fähigkeit im Alter abhanden gekommen sein? Bücher sind wie Schutzschilde gegen die Anfeindungen des Lebens. Nicht einmal das Schittecksche Sirenengeheul konnte mich noch von meiner Daseinsanalytik abbringen.

Als um wieviel trostloser und kälter als ein gesundes Verhältnis zur Religion hatte ich damals den neumodischen Auswuchs des Nihilismus nach dem Zweiten Weltkrieg angesehen, der imstande gewesen war, so viele merkwürdige Bohemienexistenzen in Pariser Cafés und Bistros hervorzubringen! Jetzt kam er mir geradezu befreiend gewöhnlich vor. Alles war klar: Der Mensch ein heroisch sich gegen die Absurditäten des Schicksals aufbäumendes Mängelwesen. Und in meinem Fall hießen die Absurditäten des Schicksal offenbar *Schitteck*. Ich versuchte mir vorzustellen, wie ich mein verständnisvoll-warmherziges, von christlicher Nächstenliebe und Verantwortung für die Umwelt geprägtes Wesen für einen Moment fallenließ und (nur versuchshalber) ein Mensch vom Schlage Meursaults in Camus' Roman *Der Fremde* wurde. Jemand, der am Strand einen anderen niederschoß, nur weil ihn die Sonne blendete.

Aber das Allerbeste daran: Es blieb nicht mehr als ein unverbindliches Denkspiel. Man konnte ohne weitere Expeditionen durch das Reich des Denkens wieder in den Schoß der Religion zurückkehren. Es gab immer noch die Hoffnung, das Vertrauen, den Sprung in den Glauben.

«Du und dein religiöser Spleen», sagte Xaveria, als ich nachts mit offenen Augen neben ihr lag. Sie mußte gerade aufgewacht sein, und dann behauptete sie gern, ich hätte im Schlaf gesprochen – vielleicht, weil sie das, was sie gehört zu haben glaubte, selber bloß geträumt hatte. «Bist du nun ein positivistischer Denker, der nur für wahr hält, was sich auch beweisen läßt, oder einer dieser armen Irren, die immer noch mittelalterliche Metaphysik treiben?»

«Ich dachte, du schläfst?»

«Nicht, wenn du dich ständig von einer Seite auf die andere wälzt und *Maria hilf mir* jammerst.»

«Das wäre die Gegenseite, der Marienkult. Ich rede nie im Schlaf, ganz zu schweigen von katholischen Anrufungen wie diesen.»

«Und deine Sammlung Rosenkränze in der Schreibtischschublade?»

Damit spielte Xaveria wieder einmal in ihrer unvergleichlich feinfühligen Art darauf an, daß ich manchmal aus Gründen der Ökumene und der Verständigung unter den Christen einen katholischen Rosenkranz benutzte.

«Was hat das mit meinen nächtlichen Gebeten oder Selbstgesprächen zu tun?»

«Du rezitierst sogar vollständige Psalmen.»

«Nein, ausgeschlossen – höchstens zur Entspannung.»

«Deinen Glauben möchte ich haben.»

«Alles bloß eine Frage der inneren Sammlung und Wahrhaftigkeit», erklärte ich, während ich im Dunkeln nach dem Glas Wasser auf der Nachtkommode tastete, um meine trockenen Lippen anzufeuchten.

«Ich habe gestern mit einem der Schitteckkinder über dich gesprochen. Nach seiner Auffassung bewegst du dich bei deinen religiösen Wahnvorstellungen hart am Rande des geistigen Abgrunds entlang.»

«So? Welches der Schitteckkinder sollte denn ein so profundes Urteilsvermögen besitzen, daß es sachkundige Kommentare über meine geistige Reife abgeben könnte?»

«Deine geistige Reife ...» Obwohl es wegen der schwarzen Rollos stockfinster im Zimmer war, sah ich vor meinem inneren Auge, wie Xaveria halb aufgedeckt dalag und mit ihren zu Knochen abgemagerten Beinen lautlos lachend die gymnastische Übung «Radfahrer beim Kopfstand» absolvierte.

«Ich rede von den Kommentaren, nicht davon, welchen Stand meine geistige Reife erlangt hat. Schließlich bin ich sogar *Lehrer* in Sachen Weltanschauung.»

«Ich glaube, du trägst die Religion und den Umweltschutz nur noch wie eine Fassade vor dir her.»

«Und wozu, wenn ich fragen darf? Warum sollte ausgerechnet ich eine Fassade vor mir her tragen?»

«Weil du ohne deine weltanschaulichen Lügen nicht leben könntest.»

«Man kann das Wagnis des Glaubens und eine lebenswerte Zukunft leicht als Lüge denunzieren. Dazu gehört nicht einmal viel Phantasie, nur ein wenig geistige und moralische Bequemlichkeit.»

«Du hast dich verändert, seitdem die Schittecks nebenan eingezogen sind.»

«Warum sollte ich mich wegen ein paar neuer Gesichter im Nachbarhaus verändert haben?»

«Ich weiß nicht», seufzte Xaveria. «Es liegt etwas in der Luft. Ich glaube, die Schittecks wollen uns verschlingen.»

«Etwas mehr Gottvertrauen, wenn ich bitten darf.»

«Ich vertraue lieber auf das hier», sagte sie und streckte im Dunkeln so dicht vor meiner Nase ihre Faust in die Luft, daß ich den Windzug spürte.

«Doktor Gans behauptet, die Schittecks zögen wie Zigeuner von Stadt zu Stadt. Wenn sie ein Revier abgegrast hätten, wäre sofort das nächste an der Reihe. Und bei uns ist schließlich nicht viel zu holen. BIO-EINS steht mit beiden Beinen fest im Umweltschutz. Vielleicht sind sie in ein paar Tagen wieder weitergezogen.»

«Du warst beim Arzt?»

«Um ihm einen Höflichkeitsbesuch abzustatten, er hat neue Praxisräume bezogen.»

«Seit wann stattet man Ärzten denn Höflichkeitsbesuche ab? Man hamstert bei der Sprechstundenhilfe Kopfschmerztabletten. Man telefoniert seinen Doktor nachts wegen Fieber oder Durchfall aus dem Bett – aber ein Höflichkeitsbesuch?» Xaveria richtete sich auf und knipste mißtrauisch das Nachttischlämpchen an. Sie musterte mich wie einen Kranken. «Ist es wieder die Leber? Etwa dein heimliches Trinken?»

«Ich trinke niemals heimlich», entrüstete ich mich.

«Dann müßte sich aber eine innere Wandlung bei dir vollzogen haben.» Sie legte ihre Hand an meine Stirn. «Übrigens hast du leichtes Fieber – und du riechst nach Penicillin.»

«Eine Wandlung? So kann man es auch ausdrükken. Ich fühle, wie ich bei soviel Verdächtigungen und menschlicher Kälte langsam in die innere Emigration gerate. Kein Wunder, wenn mich das in den Alkoholismus treibt.»

«Da sieht man wieder, welchen unheilvollen Einfluß die Schittecks auf unser Familienleben haben.»

«So schlimm, wie Doktor Gans behauptet, können sie eigentlich gar nicht sein. Eine der Schitttecktöchter war sogar schon bei uns, um ihren Antrittsbesuch zu machen, auf gute nachbarschaftliche Beziehungen.»

«So? Davon weiß ich ja noch gar nichts.»

«Weil du zur Beobachtung im Krankenhaus warst.»

«Und die Weingeistflasche im Geräteschuppen?»

«Die Weingeistfl...?» fragte ich überrascht. «Das ist Alkohol, den ich zum Reinigen brauche. Du wirst einem Mann in meiner Position doch nicht unterstellen wollen, er würde heimlich im Geräteschuppen Reinigungsalkohol trinken? Außerdem ist das Zeug giftig.»

«Lutz behauptet, übertriebene Religiosität führe leicht in den Alkoholismus, weil ihre vollmundigen Versprechen einfach nicht eingehalten werden können und der Mensch nach einer Ersatzbefriedigung sucht. Sieh dir bloß an, wie viele Pfarrer heimliche Trinker sind.»

«Lutz ist also das Kind mit dem profunden Urteilsvermögen?»

«Denk nur an den Meßwein in den Kirchen, die Likörrezepte der Äbtissinnen, die Kräutergärten der frommen Brüder. Der Papst soll täglich seinen Portwein trinken. Dann noch das eine oder andere Glas Sekt, weil der Jahrestag einer Heiligsprechung gekommen ist. Es gibt immer Anlässe: Staatsempfänge, Messen, Arbeitsessen, einen Klaren gegen Magendrücken...»

«Mach keinen Alkoholiker aus ihm.»

«Angeblich stellt man ihm auf Reisen in jeder Kapelle eine große Karaffe Beaujolais hinter den Altar.»

«Wer sagt das? Etwa Lutz? Das Kind ist ja ein richtiger Quertreiber. Warum nicht gleich noch Meßdiener, mit denen er sich in der Sakristei die Zeit vertreibt? Oder jungfräuliche Mägde, die ihm die gläubigen Bauern von den Feldern bringen?»

«Wer weiß schon, was wirklich in seinem Kopf vorgeht. Die Schittecks verschlingen uns.»

Xaveria war eine Meisterin des *Parataktischen*, der Sprünge. Sie verstand es, mit solcher Eleganz und Geschmeidigkeit von einem Satzobjekt zum anderen zu springen, daß man sich unwillkürlich fragte, ob darin nicht doch, entgegen allem Anschein, eine logische Beziehung herzustellen war. Ich entschied mich dafür, den Ball aufzufangen. Sie hatte nur das Spiel gewechselt: Handball statt Tischtennis.

«Eben hast du dich noch lobend über die Urteilskraft der Schitteckkinder geäußert.»

«Das Bürschchen hat einfach Scharfblick, Paul. Ich habe gestern im Garten ein langes Gespräch mit ihm geführt. Lutz glaubt, das Magische Dreieck sei nur eine Schnapsidee seiner Mutter, weil sie immer diese Visionen hat. Er plädiert dafür, aus dem Weiher ein Freibad mit künstlicher Sonnenbestrahlung und Freikörperkultur zu machen. Beweist das nicht, wie gefährlich die Schittecks sind? Viele begnadete Verbrecher waren intellektuell hoch begabt: Hitler, Stalin, Napoleon…»

«Was sollen wir denn deiner Meinung nach gegen die Schittecks unternehmen?»

«Stell dir vor, direkt an unserer Veranda befände sich ein stark frequentiertes Freibad. Ausgerechnet jetzt, wo die Temperaturen wegen des Treibhauseffekts in der Atmosphäre steigen und das Baden im Freien immer attraktiver wird. Dann wäre es mit unserer Ruhe vorbei.» Xaveria richtete sich entschlossen auf. «Wir müssen erst mal in Erfahrung bringen, wer die Schittecks eigentlich sind. Welche Zukunftspläne sie haben. Wie lange sie bleiben wollen. Wir müssen sie ausforschen. ‹Observation› nennt man so was heutzutage. Oder ‹Lauschangriff›. Dann müssen wir ihren schwachen Punkt finden und sie aus der Stadt vertreiben.»

«Und wenn die Schittecks gar keinen schwachen Punkt haben?»

«Zeig mir eine Familie ohne Schwächen, Paul. Wir rammen ihnen unsere Lanzen in die Achillesfersen.»

«Ziemlich martialischer Gedanke für jemanden, der schon mal in seiner Freizeit Volkshochschulkurse zum Thema ‹Verständigung und Opferbereitschaft› abgehalten hat.»

Xaveria war nämlich beileibe nicht die gewissenlose Realistin, für die sie sich gerne ausgab. Hatte man erst einmal ihr Vertrauen gewonnen, dann entdeckte man ein völlig anderes Wesen: einen zarten, verletzlichen Menschen, dem der Raubbau an unserem Planeten schlaflose Nächte bereitete.

«Reiner Selbstschutz. Man darf nur nicht die eigenen Interessen aus den Augen verlieren – sich niemals selbst aufgeben, wenn man sich für andere einsetzen will. War Albert Schweitzer etwa keine starke Persönlichkeit?»

6 Ich gestehe, daß mir Xaverias Vorschlag durchaus gelegen kam. Die Schittecks hatten uns noch längst nicht alle Geheimnisse offenbart.

Ob mir damals auch schon dämmerte, daß es ein Ende mit Schrecken sein würde, kann ich heutzutage nicht mehr sagen. Mein Gedächtnis hat etwas gelitten in den vergangenen Monaten.

Wie brachten sie es fertig, mit solcher Rücksichtslosigkeit alle Regeln des menschlichen Zusammenlebens zu verletzen? Steckte vielleicht irgendeine Art von Ideologie dahinter? Und wer war ihr «Chefideologe»? Etwa Elvira, die Mutter? Oder sollte es wirklich Schittecks zahnloser alter Mund sein, der all die neuen Wahrheiten verkündete, mit denen man sich so mühelos über eine zweitausend Jahre alte Tradition menschlicher Verhaltensnormen hinwegsetzte? Schitteck senior machte eher den Eindruck eines biederen Kleintierzüchters auf mich.

Ich ging ins Badezimmer, und während ich meine Hose für meine allmorgendliche Behandlung mit DDT-Pulver herabließ, warf ich einen Blick zum Haus der Schittecks.

Am Bootssteg dümpelte der flache Lagunenkahn, auf dem der alte Schitteck mit soviel Ausdauer im hohen Uferschilf herumzustaken pflegte, die brauenlosen Glubschaugen wie ein Fisch aufs Wasser gerichtet, als halte er nach Plankton Ausschau. Es war fünf Uhr morgens. Nebelschwaden standen über dem Uferschilf.

Das Wasser des Dr.-Clemens-Kleiber-Bachs aus Brookmanns wassertechnischem Kellerlabor umspülte malerisch unsere Verandastufen. Eine unnatürliche Ruhe lag über BIO-EINS. Das bleigraue Licht umschloß alles wie eine Faust. Es gab nur ein einziges Phänomen am gegenüberliegenden Ufer, das diese einförmige Lichtstimmung unterbrach: ein grüngelber Schein, der aus dem Schitteckschen Wohnzimmerturm fiel.

Die hohen Fenster projizierten drei perspektivisch verzerrte Vierecke auf das unbewegte Wasser, und wegen des unnatürlichen Lichts hinter den Scheiben war ich sofort davon überzeugt, bei den Schittecks werde eine Messe abgehalten. Je länger ich durch das offene Fenster zum Haus hinüberstarrte und mir die Reste des DDT-Puders aus der Schambehaarung klopfte, desto deutlicher meinte ich auch den Geruch von Räucherkerzen wahrzunehmen...

Ich zog meinen grüngrauen Frotteebademantel an, der fast die Qualität eines Tarnanzugs hatte, und ging zum Ufer hinunter. *Der Boden war sumpfig.* Ich hätte lieber Schuhe statt Pantoffeln anziehen sollen, denn einer blieb nach ein paar Schritten im Schlamm stecken, und als ich ihn herauszuziehen versuchte, trieb er mit dem ablandigen Wind ins tiefere Wasser hinaus und versank...

Ich warf den anderen hinterher und ging barfuß weiter. Vom Haus her war monotoner Gesang zu hören – so leise, als würde er durch dicke Mauern gedämpft.

Weil die Verandatüren abgeschlossen waren und kein Fenster aufstand, machte ich mich über die Kellerfenster her. Den frischen Schweißnähten der Gitter nach zu urteilen, hatte sich erst kürzlich jemand damit besondere Mühe gegeben. Brookmanns Haus war ein solider Backsteinbau aus der Zeit nach dem Ersten Weltkrieg, kein fragiles Gebilde aus Lehm-Knochenleim-Sägemehl-Mischung wie unsere Bungalows. An den Gittern hingen handtellergroße Vorhängeschlösser, ein weiterer schlagender Beweis für die Richtigkeit der alten Regel, daß Diebesgesindel sich am besten vor Einbrechern schützt. Ich versuchte den Gesang zu verstehen. Weder die Melodie noch ihr Text waren eindeutig zu identifizieren. Es klang nicht wie Kirchenmusik. Ich summte probeweise ein paar Takte mit – aber in diesem Augenblick erklang hinter mir ein Knurren.

Es war ein glänzender schwarzer Rottweiler mit braunroten Abzeichen – größer als ein Pony. Seine Stummelrute deutete nach unten wie ein abwärts gerichteter Daumen.

«Mach, daß du wegkommst», sagte ich in einem Tonfall, der jeden verständigen Haushund sofort gewarnt hätte. «Geh mit Frauchen Gassi...»

Doch er machte keine Anstalten, meinem gutgemeinten Ratschlag zu folgen, sondern fletschte nur die Zähne und kam knurrend näher. Ich wich langsam zurück, bis ich an der Veranda war. Als ich meinen Fuß auf die erste Treppenstufe setzte, machte er einen Satz nach vorn und fixierte mich mit drohendem Blick.

«Braves Hundchen, Gassi, Gassi...! Wo, verdammt noch mal, ist dein Frauchen?»

Das hätte ich nicht sagen sollen. Vielleicht faßte Rottweiler Schitteck es ja als Beleidigung auf (ein Hund seiner Größe und Klasse konnte seine Notdurft auch allein verrichten, er war sein eigener Herr und brauchte keine Hilfe). Er schnappte blitzschnell nach meiner linken Hand. Ich spürte einen rasiermesserscharfen Biß und stolperte gegen die Verandascheibe.

Das Untier stieß eine Art Triumph- oder Freudengeheul aus. Zumindest scheint mir diese vermenschlichende Ausdrucksweise in der Erinnerung als die einzig angemessene Bezeichnung für das, was er von sich gab. Dann richtete er sich vor mir auf und begann mein Gesicht zu lecken.

Ich versuchte eine Zeitlang vergeblich seiner langen Zunge zu entgehen.

Doch sobald es mir gelang, den Kopf unter meinen erhobenen Armen zu verbergen, signalisierte mir sein drohendes Knurren, daß seine Kieferkräfte ausreichen würden, um mit einem einzigen Biß meinen Unterarmknochen zu zertrümmern. Ich ließ hilflos die Arme sinken. Er arbeitete sich langsam von meinem schütteren Kopfhaar über Stirn, Augen und Wangen zum Kehlkopf vor, und als er dort angelangt war – als ich seinen säuerlichen Atem roch und das Funkeln in seinen besessenen Augen entdeckte –, begriff ich endlich, welche Art von Liebkosung das war. Genau die gleiche, die man einer Hähnchen- oder Hammelkeule angedeihen läßt, bevor man sie in Stücke reißt. Er nahm mit seiner Zunge Maß. Er war auf meinen Kehlkopf scharf. Er zögerte den Augenblick des Zubeißens nur hinaus, um den Genuß zu steigern…

Ich schlug mit der Faust gegen die Verandascheibe. Einmal, zweimal, dreimal… während seine funkelnden Augen keinen Blick von mir ließen! Das Singen hinter den Mauern verstummte für einen Moment. Aber anstatt die Pause beherzt zu nutzen, brachte ich nur einen einzigen, kläglichen Hilferuf heraus. Dann verstopfte mir die feuchte Zunge der Bestie auch schon den Mund, und ich sank würgend in mich zusammen, kauerte ohnmächtig auf dem kalten Stein.

Das schien meinen Freund mit dem Stummelschwanz königlich zu amüsieren. Er hatte mich auf seine eigene Körpergröße verkleinert. Sein Selbstbewußtsein wuchs ins Unermeßliche, er umsprang mich (oder das, was von mir übrig war) so begeistert, als treffe er einen alten Bekannten wieder. Warum ging man ohne Klappmesser vors Haus? Was brachte einen aufgeklärten Menschen mit zwölf Semestern Philosophiestudium dazu, sich schutzlos, barfuß und im Bademantel vor die Haustür zu wagen?

«Mistvieh...»

Anscheinend beherrschte er die deutsche Sprache auch nicht viel schlechter als mancher Einheimische, denn die Antwort, die er mir knurrend und zähnefletschend zukommen ließ, war unmißverständlich:

«Ein einziger Biß in die Kehle, mein Lieber, und all deine Arroganz entpuppt sich als das, was sie ist: als menschlicher Allmachtswahn, als erfolglose Verdrängung des Gedankens, daß wir sterblich sind – ein armseliger Haufen Moleküle und durch eine einzige scharfe Zäsur unwiderruflich in den letzten, den endgültigen Aggregatzustand zu überführen...»

Ein vorüberhoppelndes Kaninchen rettete mir an diesem Morgen das Leben!

Es kam aus dem Uferschilf wie jener gute Schutzengel, auf den nur die wahrhaft Gläubigen hoffen dürfen. Der Lohn eines gottgefälligen Lebens. Wäre das Tier weiß statt braun gewesen und ein gleißender Lichtstrahl über ihm in den Himmel gestiegen, hätte man es als wunderbare Erscheinung bezeichnen können. Der Jagdinstinkt der Bestie erwachte. Sie versuchte mich in Schach zu halten und sich zugleich den hübschen dunkelbraunen Gevatter Plüsch einzuverleiben.

Das Kaninchen saß mit gespitzten Ohren auf der Wiese und äugte neugierig herüber, als erwarte es jeden Augenblick den Auftakt der Jagdsaison...

Aber uns beide zu fressen, war für Rottweiler Schitteck eine Rechnung, die nicht aufging. Die Gier hat schon manchen um den Erfolg gebracht.

Als ich frierend, mit blutender Hand und zerschundenen Füßen an meiner Verandatreppe angelangt war, flog drüben eines der Fenster auf, und Elviras erboste Altfrauenstimme rief: «Schitteck, sofort bei Fuß! Wirst du wohl gehorchen...»

Die Kreatur gehorchte. Sie wußte, wer ihr Herr und Meister war. Einer solchen Stimme widersetzt man sich nur einmal.

7 Ich traf Charlotte (Tanja) am Wochenende bei unserer jährlichen Wohltätigkeitsveranstaltung wieder (sie war es, die zu ihren Wohltätern kam – aber das begriff ich erst später).

Seit meinem Schulversuch im Unterrichtsfach Ökologie an der örtlichen Gesamtschule, dem besagten finsteren Felssteinbau, war ich in der Lokalpresse zu einer gefragten Persönlichkeit geworden. Vielleicht hatte mich der Rektor deshalb mit der Leitung des Gesangskreises bedacht. Zwar interessierte sich mancher kleine Sender mehr für die Existenz des schwarzgrau melierten Kohlenfroschs als für die Probleme der Ökologie. Aber das liegt schließlich in der Natur der Sache bei einem so spektakulären Objekt. Da außer mir noch niemand diese ungewöhnliche Mutation zu Gesicht bekommen hatte, lag es natürlich nahe, daraus sofort so etwas wie den «Yeti von BIO-ZWEI» oder «Das Ungeheuer von Loch Ness, Variante Abraumhalde» zu machen.

Die Einnahmen des Wohltätigkeitsballs flossen einem karitativen Zweck zu – irgendein Brillensammelprojekt für stark kurzsichtige Farbige in Obervolta, glaube ich. Ich muß gestehen, daß es mir durchaus Vergnügen bereitete, den Eltern die dressierten Stimmchen ihres Nachwuchses vorzuführen. Das hingebungsvolle Schallern, der gottgefällige Augenaufschlag, die apfelroten Bäckchen waren ein Erlebnis, das Erinnerungen an längst vergangene Zeiten religiöser Inbrunst weckte und unsere Zuhörer zu wahren Begeisterungsstürmen hinriß.

Als ich Charlotte den Saal betreten sah, glomm in ihren Pupillen bei meiner kaum merklichen Fluchtreaktion (ich hatte mich gleich wieder gefaßt, das alles war schließlich unter der Würde eines Kapellmeisters) sofort der Jagdinstinkt des geborenen Raubtiers auf. Um zu verstehen, welche Gedanken durch ihr hübsches Köpfchen sausten, braucht man sich nur all die armen, ihrer Freiheit beraubten Kreaturen in den zoologischen Gärten anzusehen, die auch noch nach Jahren hinter Gittern niemals ihre angeborenen Reflexe verlieren.

Charlotte trug ein enganliegendes grünes Kostüm – ohne Taschen, wie ich mit schnellem Blick registrierte. Sie kam eilig auf mich zu, ergriff mit treuherzigem Augenaufschlag meine Hand und sagte: «Sie werden Vater, Paul... herzlichen Glückwunsch!»

«Reden Sie doch keinen Unsinn», erwiderte ich so leise es ging, und blickte mich verstohlen um. Schon die Spur des Verdachtes, ich könnte jemand anders als Xaveria mit den Freuden der Mutterschaft beglückt haben, würde an dieser Schule möglicherweise negativ bei der Entscheidung des Ministeriums für die Verlängerung meines Schulversuchs ins Gewicht fallen.

Es hielt sie nicht davon ab, mir ans kalte Büfett zu folgen. Ich bat sie inständig, ihre unbegründeten Verdächtigungen aufzugeben (sie versuchte sich gerade – die sinnlichen rosafarbenen Lippen zum O geformt – zwei Lachsschnittchen auf einmal einzuverleiben). Doch Charlotte erkundigte sich nur undeutlich durch die schaumig geschlagene Selleriecreme, ob ich nicht wüßte, daß Kinder, die ohne Väter aufwüchsen, als Erwachsene zu psychopathischen Reaktionen neigten.

Ich erwiderte, psychopathische Neigungen seien angeboren und niemals das Ergebnis falscher Erziehung. Aber mit dieser Auffassung hätte ich mich genausogut an einen orthodoxen Vertreter der Lerntheorie wenden können.

Sie wandte sich wieder dem Büfett zu, ließ mich jedoch keine Sekunde dabei aus den Augen. Je imposanter die Smörrebröd-Kreationen, die sie sich mit dem Appetit der halbverhungerten Kreatur einverleibte, desto größer schien auch ihr Mißtrauen zu werden, ich könnte mich meiner Vaterschaft dadurch entziehen wollen, daß ich einfach für immer durch die Saaltür aus ihrem Gesichtsfeld verschwand. Vielleicht besteht ja zwischen Völlegefühl und Mißtrauen ein noch unbekannter physiologischer Zusammenhang.

Ich wandte mich meinen Noten zu, weil ich Charlottes aufreizenden Anblick nicht länger ertragen konnte. Doch ihre sinnlichen rosafarbenen Lippen blieben einfach vor meinem inneren Auge stehen wie ein vollkommenes eidetisches Phänomen – sie hingen sozusagen im wabernden Nebel über dem Pult, die Noten und den tristen Hintergrund des Saales mit seinem lächerlichen Fünfziger-Jahre-Vorhang überlappend. Und kurz vor unserer Gesangsnummer hörte ich auch schon wieder ihre unverwechselbaren Schritte hinter mir – eine Fee, die Fleisch und Blut geworden war, das Gesicht der Rampling und der Gang einer Königin.

«Werden Sie denn nun die Vaterschaft des Kindes anerkennen oder nicht?» fragte sie mit vollem Mund.

Drei streng dreinblickende Nonnen Marke ältere Oberschwester machten sich gerade am kalten Büfett über lauwarme Pizzastücke und gefüllte Auberginen her. Bei Charlottes Worten bedachte mich eine von ihnen mit überraschtem Kopfschütteln. Zum Glück wurden wir gleich darauf vom martialischen Lärm der Deckenlautsprecher abgelenkt.

Oben auf dem Podium drehte ein Kahlkopf, dem der flaumige goldene Haarkranz wie ein Heiligenschein um die Stirn schwebte (der Senior des Rektorenvereins, wenn ich mich nicht irre), die Lostrommel der Tombola und verkündete lauthals das Ergebnis seiner zittrigen Griffe.

Zwei Persilkartons waren bereits bis zum Rand mit alten Brillen gefüllt. Zerkratzte rote Hornbrillen, geschwungene Hollywood-Brillen im Stil der fünfziger Jahre, kreisrunde Stahlbrillen, in denen beide Gläser fehlten, Sonnenbrillen...

«Glauben Sie Ihrer Schwester kein Wort, Charlotte», flüsterte ich heiserer, als es jeder praktizierende Hals-Nasen-Ohren-Arzt für möglich gehalten hätte. «Ich liebe nur Sie.»

«Nennen Sie mich ruhig Tanja. Sie sind ein geiler alter Bock, Paul. Erst Dagmar und dann ich. Glauben Sie wirklich, ich würde meine Schwester betrügen, jetzt, wo sie ein Kind von Ihnen bekommt?»

«Das sollten wir besser durch eine gerichtlich angeordnete Genanalyse entscheiden lassen», sagte ich ärgerlich, um der Sache endlich ein Ende zu machen.

«Ich dachte immer, in Ihrem Alter würde man langsam vernünftig?»

«Halten Sie es für vernünftiger, wenn sich ein Mann in der Blüte seiner Jahre die Zeit mit abgeschriebenen Hausarbeiten vertreibt? Das ist fast so, als würde man einen Ferrari in der Garage stehenlassen.»

«Ja, richtig, Lutz hat Sie vom Fenster aus mit dem Fernglas beobachtet. Sie stopfen Ihrer Frau die Kniestrümpfe – wie romantisch», sagte Charlotte, als seien Hausarbeit und Hausarbeit dasselbe, und gab ein so wasserhelles Lachen von sich, daß mir die Zähne schmerzten. «Ich meine, was für eine wunderbar romantische Liebe nach all den tristen Ehejahren.»

«Nur, weil sie momentan etwas durch ihre Fastenkuren geschwächt ist.»

«Vielleicht sollte ich Sie tatsächlich heiraten», meinte Charlotte mit versonnenem Blick auf meine makellos polierten Schuhspitzen. «Ehe es ein anderer tut. Sie sind häuslich und zugleich ein temperamentvoller Liebhaber. Wo findet man das schon? Waren Sie eigentlich immer so ein Draufgänger?»

«Ehrlich gesagt, habe ich in den letzten fünfzehn Jahren eine Art Dornröschenschlaf gehalten. Ich lag nichtsahnend im Garten, und da rief Ihr hübsches Früchtchen von Schwester: ‹Hallo, Alter, wie wär's denn mit uns beiden? Müßte mal wieder meine Diskokasse aufbessern.›»

«Was denn, das hat sie gesagt? Sie wollte wirklich Geld dafür?»

«Merkwürdigerweise wirkte es wie eine Initialzündung auf mich. Seitdem habe ich vergessen, wie man eine ruhige Nacht verbringt. Ich schlafe mit offenen Augen.»

«Ja, wir Schittecks verstehen es nun mal, Männer an uns zu fesseln. Wußten Sie, daß die Bindung des Mannes an die Frau vor allem über geheime Geruchswahrnehmungen erfolgt? Durch hormonell gesteuerte Düfte? Die Schittecks stellen schon seit Generationen ihre Parfüms aus Tierdrüsen her – Katzen- und Kaninchendrüsen. Das haben wir von den Zigeunern gelernt.»

«Scheußlicher Gedanke, von Gerüchen aus Tierdrüsen verführt zu werden.»

«Die Natur kümmert sich nicht darum, ob uns ihre Zutaten gefallen.»

«Und… benutzen Sie und Dagmar auch solche selbstgemachten Parfüms, Tanja?»

«Haben Sie das denn noch nicht am eigenen Leibe erfahren?»

«Unter uns gesagt: Meine Gemütsruhe ist dahin. Die Natur hat uns Männer leider mit viel zu starken Instinkten geschlagen, um die Art zu erhalten. Glücklicherweise hatte ich mich noch genügend in der Gewalt und…»

«Nun machen Sie aber mal einen Punkt, Paul. Dagmar behauptet, sie hätte sich gar nicht vor Ihnen retten können? Das Hotelzimmer habe wie ein Schlachtfeld ausgesehen…»

«Ich erinnere mich, offen gesagt, nicht mehr an alle Einzelheiten. War ich denn so schlimm?»

«Sie waren wie im Rausch, in Trance. Das ist immer so, wenn bei einem Verklemmten wie Ihnen der Stöpsel herausgezogen wird. Sie wollten partout nicht aufhören. Dagmar konnte sich nur noch retten, indem sie nach dem Telefonapparat langte und Ihnen das Ding samt Hörer um die Ohren schlug.»

«Sie hätte mich töten können», sagte ich und tastete geistesabwesend nach der Beule an meinem Hinterkopf.

«Vielleicht wäre das ja sogar besser für Sie gewesen, Paul», sagte Charlotte mit treuherzigem Augenaufschlag. «Als Vater taugen Sie wohl nicht viel. Und als Liebhaber sind Sie zu stürmisch.»

«Haben Sie die Tombolakasse gesehen, Grob?» fragte mich die Schatzmeisterin des Vereins beim Hinausgehen.

Ich verneinte.

8 Es war einer dieser übertrieben warmen Sommertage, die wir dem Treibhauseffekt verdanken, und die Schittecks gaben draußen am Badesee die Vorstellung «familiäres Strandleben». Das Westufer war bedeckt mit bunten Badetüchern und Niveabällen. Sie *spielten* es bloß, hatte ich den Eindruck, weil das Ganze merkwürdig unwirklich wirkte – es war eine eigenartige Mischung aus Theateraufführung einer Laienspielgruppe und dem Treiben auf der Affeninsel.

Selbst die ältesten Schittecks, die Großmutter und ihre Mutter, hatten sich an diesem sonnendurchglühten Tage aus dem Haus gewagt. Elviras Großmutter trug einen breitkrempigen schwarzen Hut. Ihr bleiches Gesicht grinste hinter dem Hutnetz wie ein Skelett, dem man eine Wärmflasche versprochen hatte; sie schien trotz der Hitze zu frösteln und war bis zum Hals in Decken gehüllt. Die andere bot ihre helle, von Altersflecken durchsetzte Haut der grellen Sonne dar – oder das, was ihr hochgeschlossener Badeanzug davon freigab.

Man munkelte, die beiden würden ihre Zimmer nur ausnahmsweise verlassen und bei heruntergezogenen Rolläden leben, weil sie dem Verkehr, den Autoabgasen, der Stadtluft, den Ampeln, Zebrastreifen, Rolltreppen, Fahrstühlen, Fahrkartenautomaten, Straßenbahnen, Klimaanlagen, also allem, was für die meisten Zeitgenossen das moderne Leben ausmacht, auf abgrundtiefe Weise mißtrauten.

Ich verfolgte das Szenario vom Balkon aus mit dem neuen Feldstecher, den mir Xaveria zur Observation geschenkt hatte.

Ein hellhäutiger Knirps, der mich verblüffend an den Primus meiner zweiten Klasse erinnerte, schlenderte am Ufer entlang und tippte – übertriebene Vorsicht demonstrierend – eine Zehenspitze ins Wasser. Und gleich darauf das ganze Bein – worauf er schnell wieder aus dem Weiher kletterte, als seien alle Frösche, Kröten und Wasserschlangen der Umgebung hinter ihm her! Im Feldstecher erkannte ich deutlich die schleimigen, graubraunen Absetzungen an seinen mageren Gliedmaßen. Entweder hatten Brookmanns Filterversuche tatsächlich keinen Erfolg gehabt, was bei der Qualität des Wassers aus dem Dr.-Clemens-Kleiber-Bach niemanden gewundert hätte, oder dies war schon wieder die Ursuppe, aus der das Leben entstand.

Doch was mich in diesem Augenblick viel mehr beschäftigte: Das Bürschchen sah meinem Klassenprimus zum Verwechseln ähnlich. In Lehrerkreisen munkelte man sogar, er gelte als grandioser Schriftenfälscher und verdiente sich ein zusätzliches Taschengeld damit, Aufsätze und andere Schularbeiten für seine unbegabteren Klassenkameraden in deren «Originalhandschrift» zu verfassen. Allerdings hatte er sich bei seiner Anmeldung nicht als Schitteck, sondern als Kurt Lobmann vorgestellt. War das vielleicht als taktisches Manöver zu verstehen? Und wenn ja, wozu? Etwa, weil man mir damit unterstellen wollte, ich würde die Schittecks als Pädagoge nicht objektiv und unparteiisch behandeln?

Ehe ich eine Antwort auf meine Frage fand, wurde ich durch Dagmars Erscheinen am Wohnzimmerfenster des Schitteckhauses abgelenkt. Nachdem sie mich an dieser Seite des Badesees erspäht hatte, hielt sie ihren Bauch so vorgewölbt in die Sonne, als wolle sie mir demonstrieren, daß sie alles tat, damit unser gemeinsames Kind nicht wegen Vitamin-D-Mangels rachitisch würde.

Zu meiner Erleichterung war sie noch genauso flach und hübsch wie früher. Aber was hätte man nach so wenigen Tagen auch davon sehen sollen?

Plötzlich erscholl ein Schrei im Wasser...

Ich richtete meinen Feldstecher auf die Stelle – etwa fünfzehn Meter vom Schilf und von den Rasennarben des Ufers entfernt. Es war Kurt Schitteck alias Lobmann, seine Arme wirbelten verzweifelt über dem Kopf. Er schien sich zu weit hinausgewagt haben. Der Weiher war an dieser Stelle gut vier Meter tief, was daran lag, daß die Überflutungsmanöver der Schittecks die beiden Versuchsbiotope Kleins unter Wasser gesetzt hatten.

Merkwürdigerweise schien das Strampeln des Ertrinkenden niemanden zu stören – weder die Schitteckgeschwister noch ihre Groß- und Urgroßeltern.

Alle starrten erwartungsvoll auf das klägliche, prustende, hustende, Wasser spuckende Häuflein Mensch. Die Schwarzgekleidete lüftete sogar für einen Augenblick interessiert ihr Hutnetz, als das Bürschchen röchelnd nach oben kam. Ob kurzsichtig und schwerhörig oder nicht – *sie sahen genauso deutlich wie ich, was vorging.* Die eine reckte leicht den Kopf und kroch einen halben Meter auf allen vieren unter dem Sonnenschirm hervor, um ihn besser sehen zu können, aber niemand rührte auch nur den sprichwörtlichen kleinen Finger. Kurts pechschwarzer Schopf tanzte wie eine Gummikappe auf dem Wasser, tauchte unter, kam wieder hoch, versank für atemberaubende zehn Sekunden – eine quälend lange Zeitspanne des Zweifels und der Ungewißheit – und war endlich ganz verschwunden...

Ich senkte ungläubig mein Glas.

In diesem Augenblick sprintete Klein von der Terrasse des Nachbarhauses zum Wasser. Sein schwabbliger weißer Bauch über der Badehose hüpfte wie eine überdimensionale Frauenbrust, aber dafür, daß er an Herzasthma litt, war er noch bemerkenswert gut in Form. Er hechtete in kühnem Sprung von der vorletzten Stufe (ich bedeckte meine Augen mit der Hand, denn hier war das Wasser höchstens einen halben Meter tief), kam wider Erwarten ohne zerschmetterten Schädel hoch, kraulte auf das Bürschchen zu, dessen rechtes Ärmchen wie ein versinkendes bleiches Mahnmal aus dem Wasser ragte, und zog es fachmännisch untergehakt (Frei- und Fahrtenschwimmer oder Gleichwertiges) ans Ufer.

Kurt wurde sofort auf die Wiese gebettet und fachkundig von Klein versorgt. Wasser spritzte wie eine kleine Fontäne zwischen seinen Lippen hervor. Rhythmisches Brustkorbdrücken, Mund-zu-Mund-Beatmung, Husten, wieder Wasserspucken – und dann eine allerletzte, schaumige, schillernde Blase, die von seinen Lippen abhob, als habe seine Seele nun endgültig den Körper verlassen. Die Behandlung war erfolgreich.

Als ich am Ufer anlangte, saß Kurt schon wieder aufrecht im Gras und suchte seinen Talisman (eine kleine Münze mit dem Schutzpatron der Fährleute, die ich aus der Schulstunde kannte). Die Schitteckkinder umstanden ihn anerkennend und machten das Siegeszeichen. Eines der Äffchen schlug sich begeistert auf die Brust – tapferer roter Krieger, Anerkennung, und ein anderes klapperte dazu mit vergoldeten Kastagnetten.

Nur Klein, der sich schon wieder auf seine Terrasse davonmachte (ein selbstloser Lebensretter, der das Rampenlicht scheute), erhielt von der Schwarzgekleideten im Vorübergehen einen kräftigen Hieb mit dem zusammengefalteten Sonnenschirm.

Er griff sich verdutzt in den Rücken.

«Das ist dafür, daß Sie sich in unsere Angelegenheiten eingemischt haben.»

«Aber ich habe doch nur versucht, das arme Kind...»

«Sie sollten dem lieben Gott nicht ins Handwerk pfuschen.»

«Dann wäre Ihr Neffe ertrunken.»

«Ist das Kurtchens Problem oder Ihres?»

Klein bekam wieder sein Herzasthma, ich sah, daß sein Gesicht rot anlief. Er schnappte nach Luft – nur daß diesmal niemand in der Nähe war, der zur Mund-zu-Mund-Beatmung bereit gewesen wäre. Dann kam das Stadium, wo sich seine Gesichtszüge erst blau verfärbten und unmittelbar darauf kreideweiß wurden – die kritische Phase.

«Kommen Sie, Alfons», sagte ich. «Ich bringe Sie zur Terrasse zurück. Denken Sie einfach an Ihr Aquarium. An den blauen *Neonfalter*. Das wird Sie entspannen. Setzen Sie sich in den Schatten und trinken Sie ein Glas Wasser.»

«Ja, bringen Sie den unverschämten Kerl weg», plärrte die andere. Sie warf ihre Reservestrickstrümpfe nach uns. «Das ist Hausfriedensbruch. Wir werden die Polizei verständigen, falls er sich hier noch einmal blicken läßt, nicht wahr, Melanie?»

«Wegen unterlassener Hilfeleistung», stieß Klein undeutlich zwischen den Zähnen hervor (er wirkte zwar etwas verwirrt, schien die Sache aber vom Kopf wieder auf die Füße zu stellen). Die Schitteckkinder hatten sich meines Feldstechers bemächtigt. Sie demontierten ihn in zwei gleich große Teile und benutzen sie als Teleskope.

9

Ich suchte eine Zeitlang vergeblich nach Lutz, weil er etwas von den Badenden entfernt mit einem Buch unter dem Apfelbaum saß – Nicolai Hartmanns «Metaphysik der Erkenntnis», wie ich mit schnellem Blick feststellte. Diesmal trug er seine winzige, kreisrunde Stahlbrille; für ein zwölfjähriges Schitteckkind machte er einen ausgesprochen intellektuellen Eindruck. Als ich näher kam, schob er sie auf die Stirn (auf das Haupt eines frühzeitig alt gewordenen Mannes), ließ das Buch sinken und sah mich erwartungsvoll an.

«Darf ich…?»

«Es ist genug Platz für alle da.» Er zeigte zum Baum. «Lehnen Sie sich da an den Stamm, Paul, um Ihren krummen Rücken zu schonen.»

«Danke.»

«Na, was haben wir denn auf dem Herzen?»

«Auf dem Herzen? Warum glaubst du, daß ich etwas auf dem Herzen hätte?»

«So, wie Sie hier herangeschlendert kommen, Paul…»

«Ich schlendere wie jeder andere.»

«Sie sind tief verunsichert.»

«Danke für die Analyse. Wahrscheinlich werde ich dich demnächst zu meinem Guru oder Psychiater ernennen – sobald du etwas gewachsen bist.»

«An derart leicht zu durchschauenden Fällen arbeite ich nicht. Wenn man so jung ist wie ich, muß man sehr genau auf seine Entwicklung achtgeben, weil jetzt die Weichen gestellt werden, die später über Erfolg oder Mißerfolg entscheiden. In der falschen Klasse zu lernen, das wissen Sie als Erzieher ja selbst am besten, Grob, kann den Reifungsprozeß eines Kindes empfindlich hemmen und in falsche Bahnen lenken.»

Seine Selbstsicherheit verschlug mir für einen Augenblick die Sprache. Er klappte das Buch zu und legte es neben sich ins hohe Gras. Ich suchte nach der Signatur, weil ich annahm, daß es in der Stadtbücherei geklaut sei. Den Gegenwert für eine so teure Schwarte hätte er sicher lieber in Cola und Lakritzschnecken umgesetzt. Aber es gab keine Signatur. Er mußte alle verräterischen Indizien sorgfältig entfernt haben.

«Du bist Seelenklempner, Philosoph und alter Weiser, was? Alles in einer Person?»

«Ja, das kommt der Sache ziemlich nahe, Paul. Kompliment. Ich dachte nicht, daß Sie eine so schnelle Auffassungsgabe haben.»

Wir taxierten uns wie zwei Boxer im Ring. Er hatte lebhafte Augen, die so souverän über das Wohl und Wehe der Welt wachten, als schöpften sie aus dem menschlichen Erfahrungsschatz vieler Jahrtausende. Aber sie sahen streng, ja fast schon melancholisch drein.

«Ein wenig Lächeln könnte nicht schaden, Lutz. Ist das Buch da bloß Angabe – oder liest du wirklich darin?»

«Ich befasse mich mit der Frage, wie es dem erkennenden Subjekt möglich ist, den transzendenten Gegenstand zu erfassen, ihn in sich aufzunehmen, ohne ihn wirklich hereinzuholen. Das geschieht offensichtlich durch das Wahrnehmungsbild. Nur dort, wo Bild und Sein zur Deckung gelangen, kann von wahrer Erkenntnis gesprochen werden. Aber wir haben keine Vorstellung davon, welche Mechanismen, seien sie nun geistiger oder physischer Art, dabei eine Rolle spielen. Das Problem ist also, wie Bildbestimmtheit und Seinsbestimmtheit sich einander nähern oder zur Deckung kommen. Können Sie mir folgen, Grob?»

«Ich hoffe es, ja.»

«Diese Deckung ist ein Mysterium. Und ein Thema übrigens, das Ihnen als Theologe eigentlich besser anstehen würde als mir.» Seine Miene wurde noch ein wenig ernster, falls das überhaupt möglich war. «Ihr Theologen habt die Menschheit viele Jahrhunderte lang mit euren magischen und mystischen Vorstellungen verwirrt. Jetzt, da das Zeitalter der Klarheit angebrochen ist, wäre es für den Klerus eigentlich an der Zeit, sich zu fragen, wieviel Unglück in der Welt allein durch den gewissenlosen Gebrauch magischer Bilder angerichtet wurde.»

«Ich bin kein Theologe, Lutz, sondern nur ein armseliger kleiner Lehrer. Aber die Religion ist sicher eine größere Kraft, als wir beide erfassen können.»

«Ein paar alte Frauen haben ihren Frieden gefunden, bevor sie starben», bestätigte er. «Und Millionen harmlose Narren, Ungläubige, Andersgläubige, Wilde, angebliche Hexen und Teufelsanbeter sind dabei über die Klinge gesprungen.»

«Ich bin ganz deiner Meinung, daß ein finsteres Zeitalter hinter uns liegt. Ich habe immer eine zutiefst humane und liberale Weltanschauung vertreten, und die schließt nun mal auch den Gedanken an Gott oder das Absolute ein.»

«Schön, daß Sie zur Einsicht und Umkehr fähig sind, Grob.»

«Was mich brennend interessieren würde, Lutz – und dabei kann man tatsächlich von einer gewissen Verunsicherung oder Irritation sprechen: Wieso habt ihr eigentlich keinen Finger gerührt, als Kurt ertrank?»

«Oh, das ist es also, was Ihnen auf dem Herzen liegt?» Er lächelte zum ersten Mal (er lächelte!) – aber es war ein eher abfälliges, besserwisserisches Lächeln, das irrlichternd wie Sumpfgas um seine Mundwinkel spielte. «Na, dreimal dürfen Sie raten...»

«Weil ihr Nichtschwimmer seid?»

«Schwach, Grob, ausgesprochen schwach. Nein, die meisten Mitglieder unserer Familie schwimmen recht gut. Sie als Experte für weltanschauliche Fragen müßten doch eigentlich mehr Einfühlungsvermögen aufbringen, wenn es um Leben und Tod geht.»

«Einfühlungsvermögen in was? In Roheit und Gleichgültigkeit?»

«Unsere Familie ist der Meinung, daß nur diejenigen überleben sollten, die wach und lernfähig sind – die Gefahren abzuschätzen verstehen und sich nicht leichtfertig auf ein Gebiet wagen, auf dem sie keine Erfahrung haben. Ihre Frau Xaveria zum Beispiel...»

«Bitte laß meine Frau aus dem Spiel.»

«Wasser hat nun mal keine Balken, Grob. Jungvögel, die aus dem Nest fallen, sind für den Lebenskampf ungeeignet. Sie ziehen den kürzeren bei der Fortpflanzung ihrer Erbanlagen. Man sollte da nicht eingreifen, das hieße nur, die Art zu schwächen. Wer zu schwach ist, geht unter.»

«Und das nicht nur bildlich gesprochen, oder? Eine recht bequeme Form von Primitivdarwinismus.»

«Viele große Wahrheiten sind von so einfacher Art.»

«Wenn ich richtig verstehe, dann lassen sich daraus natürlich weitreichende Schlüsse für unser Zusammenleben ziehen. Dann bist du auch für die Abschaffung der Altenheime und Krankenhäuser, der Sozialhilfe, des Roten Kreuzes, der Caritas...»

«Es gibt einige ziemlich schäbige Formen des Lippenbekenntnisses zur Nächstenliebe, die uns nichts weiter als Sand in die Augen streuen.» Er griff wieder nach dem Buch und schlug es am Lesezeichen auf, wie um mir zu signalisieren, daß die Audienz wegen unüberbrückbarer Meinungsverschiedenheiten beendet sei. Doch als ich mich schon wieder dem Haus zugewandt hatte, fuhr er plötzlich fort:

«Den kleinen Finger reichen – na ja, warum denn nicht? Das hat schließlich eine hübsche Alibifunktion. Aber die ganze Hand? Ich möchte nicht wissen, wie viele Bewerber Sie während Ihrer Lehrerlaufbahn aus dem Feld geboxt haben, Grob ... und immer die Schwächeren! An den Schulen herrscht ein rauhes Klima. Haben Sie denn jemals auch nur einem einzigen armen Schlucker, der Ihnen intellektuell unterlegen war, den Vortritt gelassen? Zum Teufel mit all der Scheinheiligkeit. Sie nehmen, was Sie kriegen können. Das bißchen Nächstenliebe, das Sie sich zwischendurch gönnen, dient nur der Beschönigung Ihres eigenen kläglichen Selbstbilds.»

10 An einem jener dunstigen Vormittage, die alles stimmungsvoll und koloristisch wie bei Spitzweg erscheinen lassen, suchte ich die städtische Bibliothek auf, um herauszufinden, welche geistigen Väter den armen Jungen so verwirrt haben könnten, daß er unfähig zu jeder normalen menschlichen Regung von Mitleid und Trauer war.

Die Bibliothek ist ein düsterer Granitbau, ein Überbleibsel aus der Zeit der Feldherrenhallen mit vergoldeten Adlern und schießschartenartigen Fensterluken. Ihre vorkriegshafte Trutzigkeit übertrifft noch die Antiquiertheit ihres Buchbestandes, obwohl auch dort inzwischen das eine oder andere Kochbuch neueren Datums mit Titeln wie *Leicht essen und trotzdem satt werden!* oder *Die Küche des überzeugten Vegetariers* Einzug gehalten hat. Und an der Tür der Ausleihe versucht neuerdings eine Sensorschranke den Besucher daran zu hindern, seiner Neigung nach kostbaren alten Büchern auf allzu wohlfeile Weise nachzugeben. Sobald der Summer ertönt, stürzt ein knochiger, hochaufgeschossener Backfisch aus den fünfziger Jahren vom Schreibtisch in der Ecke auf das erschrockene Opfer zu. Diesem lieben alten Mädchen war mein Besuch gewidmet.

«*Daniel...*» Ihre überzogene Reaktion, als sie mich in der Sensorschranke erblickte, ließ mich nervös zusammenzucken.

«Nenn mich in der Bibliothek nie beim Vornamen, das könnte Verdacht erregen.»

Ich schob sie in die Deckung ihrer Tischecke zurück, wo wir von Bergen zurückgebrachter Bücher umgeben waren, und küßte sie sanft auf die Wange. Sie ließ es mit verwirrtem Flackern hinter ihren spiegelnden Brillengläsern geschehen – unser Verhältnis war immer rein platonisch gewesen. Aber ihre Wange errötete leicht wie bei einem allergischen Hautausschlag an der Stelle, wo meine Lippen sie berührt hatten...

«Bist du denn immer noch mit dieser Geschäftsfrau aus Kamerun liiert, Daniel?»

«Wäre ich sonst so vorsichtig, Liebes?»

Ich hatte ihr etwas vorschwindeln müssen, denn einen verheirateten Mann zu akzeptieren, wäre ihr wegen ihres engen moralischen Horizonts niemals möglich gewesen. Also war ich für sie das bemitleidenswerte Opfer einer Liaison mit der Tochter eines afrikanischen Gummifabrikanten in *Jaunde*, deren Gründe allein im Geschäftlichen lagen. Angeblich hatte ich mich, um mein karges Einkommen aufzubessern, in ein Exportgeschäft mit alten Lkw-Reifen verstrickt. Sie wurden in den Dritte-Welt-Staaten auf wenig professionelle Weise runderneuert, und um den Ort dieses verwerflichen Tuns möglichst weit weg zu rükken, war ich auf Kamerun verfallen. Diese kleine Erfindung bewahrte mich davor, Wanda mit Haut und Haaren ausgeliefert zu sein.

Man wird sich vermutlich fragen, was einen ausgewiesenen Moraltheoretiker wie mich dazu bringen sollte, so halsbrecherische Lügen zu erfinden.

Es war der Sündenfall, aus einem schwachen Augenblick geboren, der keine Zeit mehr zum wohlabgewogenen Urteil läßt. Der Rückfall in die Uneigentlichkeit, die man in meinem Alter längst überwunden geglaubt hatte. Die Notlüge, die tausend unerwünschte Kinder gebiert. Und das einzige Mal übrigens in all den Jahren unserer ansonsten ereignislosen Ehe, daß ich Xaveria, wenn auch nur auf platonische Weise und überrumpelt von meiner eigenen Panik und Kopflosigkeit, betrogen hatte, um unsere gemeinsame Zukunft zu retten (etwa zwei Wochen vor dem Auftauchen der Schittecks, als würfen sie bereits ihre unseligen Schatten voraus...).

Wanda war alles andere als hübsch, sie war alles andere als interessant, ja im Grunde konnte ich nicht einmal mit ihr reden, denn sie gehörte zu jenen stillen Wassern, die bei nächstbester Gelegenheit zum reißenden Strom werden. Anders gesagt: Um einen Satz zu Ende zu bringen, brauchte es bei ihr mehr als drei Anläufe.

Unsere Liaison war nichts weiter als die Folge eines tragischen Irrtums – und kein Vergleich mit den Gewissensnöten, in die mich Charlotte stürzte. Ich schrieb damals an einer Arbeit, um mich für das Fach Umweltschutz zu qualifizieren. Es gab ein Buch im Präsenzbestand, ein ziemlich wertvolles, altes Ding mit goldbedrucktem Lederrücken, das nicht ausgeliehen werden durfte, weil davon in der ganzen Republik nur vier oder fünf Exemplare existierten – was zwangsläufig ausschloß, daß ein zuverlässiger Leser wie ich es Montag morgen pünktlich zur Öffnung des Lesesaals wieder ablieferte.

Da ich ohnehin keinen Leseausweis besaß, gewöhnlich

fand ich alles, was ich brauchte, in der Lehrerbibliothek unserer Schule, versuchte ich die Regel zu umgehen und es am Wochenende gegen den Willen der Bibliotheksleitung auszuleihen. Damals ahnte ich noch nichts von den Sensoren am Ausgang…

Es war fünf vor zwölf (jene so symbolische Zeit für den Zustand der Welt), und die Bibliothek würde gleich schließen. Das Mädchen an der Ausleihe warf mir einen gelangweilten Blick zu. Ich hob meine leeren Hände, und sie stand gähnend auf, um im Waschraum zu verschwinden.

Der Signalton zwischen den Metallpfosten, die unauffällig neben den Karteikästen postiert waren, klang eher verhalten sirrend als schrill. Das hinderte meine Wanda aber nicht, sofort wie ein Elefant, der durchs Zuckerrohrfeld brach, aus der Toilettentür zu stürzen. Sie warf einen Stapel Bücher um, während sie im Verschlag ihren Stuhl zurückschob – und dann noch einen, als sie zum Sprung um die Tischecke ansetzte. Der Telefonhörer fiel aus der Gabel und baumelte an der Strippe.

«Halt, bleiben Sie, wo Sie sind!»

«Ich bitte Sie – wozu das Theater?»

«Das war eindeutig Alarm.»

«In Ihrem Kopf vielleicht, ich habe nichts gehört.» Dabei hob ich noch einmal meine leeren Hände und bewegte mich vorsichtig auf den Ausgang zu.

«*Polizei…*» Ihre Stimme klang unangenehm schrill, ganz im Gegensatz zum vornehmen Sirren der Alarmanlage, die wußte, was sie einem regelmäßig seine Steuern zahlenden Staatsbürger schuldig war.

«Nun machen Sie aber mal einen Punkt, Gnädigste.»

«Was tragen Sie denn da unter Ihrem Pullover?»

Sie blinzelte mich siegesgewiß durch ihre dicken Brillengläser an, und dabei entdeckte ich in ihren Augen das

Flackern der schon zu lange ungeliebten Kreatur, die all die entgangene Liebe und Achtung ihrer Mitmenschen bei dieser unverhofften Gelegenheit durch den kläglichen Triumph der Macht über eine andere klägliche Kreatur kompensieren würde. Kompensieren bis zum Exzeß. Das bedeutete, bis mich das Bildungsministerium wegen mangelnder pädagogischer Qualifikation aus dem Schuldienst warf, weil ich beim unerlaubten Ausleihen (in Wandas Diktion natürlich «Diebstahl») erwischt worden war – und plötzlich wußte ich, was ich zu tun hatte, um den peinlichen Folgen meines eigenen Versagens zu entgehen…

Seit diesem Tage war Wanda meine Vertraute. Und ich ihr männlicher Widerpart in einer Welt, die von schmutziger Sexualität beherrscht wurde und in der ich als überzeugter Platoniker die rühmliche Ausnahme bildete. Für sie war mein Geschlechtsteil durch die Macht des Geistes stillgelegt.

«Du mußt mir unbedingt helfen», sagte ich. «Ich brauche die Ausleihdaten eines gewissen Lutz Schitteck.»

«Aber wie stellst du dir das vor, Daniel? Soll ich etwa an unseren Buchungscomputer gehen und…?»

«Genau daran habe ich gedacht.»

«Und wozu, wenn ich fragen darf?»

«Das Bürschchen scheint ein intellektuelles Monstrum zu sein.»

Ich hatte herausgefunden, daß Lutz eigentlich wie alle anderen Schüler seines Alters an meinem Schulversuch Ökologie hätte teilnehmen müssen, aber offensichtlich die Stunden schwänzte. Doch das mußte mein Geheimnis bleiben, denn für Wanda war ich immer noch Daniel, der Reifenhändler aus Jaunde. Ein Filou, der runderneuerte Lkw-Reifen um die Welt dirigierte und in Kamerun – zwar nicht im Sinne des Eherechts, aber doch moralisch

– in festen Händen war. Diese Auskunft hatte ihr immer genügt. Welcher Art genau meine menschlichen und geschäftlichen Verstrickungen waren, schien sie nicht weiter zu interessieren.

Sie las leidenschaftlich gern Politthriller von Ambler, weil dort genau beschrieben wird, wie es in der Welt zugeht, und die Signalworte «Lkw-Reifen», «Kamerun», «Wirtschaftsminister», «geschäftliche Verstrickung» und «Liaison» reichten völlig aus, um ihre Wißbegierde zu befriedigen.

«Was heißt *Monstrum*?» fragte sie und ließ weder in ihrer unvergleichlich mißtrauischen Art ihre Brillengläser spiegeln, die einem das Gefühl vermittelte, man liege als Insekt mit strampelnden Beinen unter ihrem Labormikroskop.

«Ich habe den Verdacht, daß *er*, ein zwölfjähriges Bürschchen, und nicht sein Vater, das Oberhaupt der Familie ist – ihr *ideologischer Anführer*, verstehst du, was ich meine?»

«Und wenn es so wäre? Was regt dich daran auf, Daniel?»

An dieser Stelle mußte ich mir schnell etwas einfallen lassen, um sie wirkungsvoll zum Bruch des Datengeheimnisses zu überreden, also sagte ich:

«Ich glaube, die Familie hat ihre Finger im unerlaubten Geschäft mir runderneuerten Reifen, die als angebliche Neuware in die Dritte Welt geschmuggelt werden. Stell dir vor, so ein Lastwagen mit alten Frauen und Kindern stürzt irgendwo bei La Paz in den Abgrund.»

«In La Paz gibt es überhaupt keine Abgründe. La Paz liegt in einem Talkessel des *Altiplano*.» Wanda war ein wandelndes Geographielexikon, in dieser Beziehung hatte es wenig Sinn, ihr zu widersprechen; aber immerhin setzte sie sich danach mit hochgezogenen Brauen an den Buchungscomputer.

«Ich meine natürlich La Paz im Bergland von Honduras, nicht La Paz in Bolivien», sagte ich und versuchte über ihre Schulter einen Blick auf den Bildschirm zu werfen.

«Großer Gott, Daniel, sieh dir das an! Der Junge scheint tatsächlich so was wie ein intellektuelles Monster zu sein. Heidegger, *Sein und Zeit*, Jean-Paul Sartre, *Das Sein und das Nichts*, Kant, *Kritik der reinen Vernunft*, Popper, *Logik der Forschung*... nur über Reifenschiebereien ist nichts darunter.»

«Wahrscheinlich dient diese Lektüre bloß der intellektuellen Vorbereitung.»

«Auf den Reifenhandel?» fragte sie skeptisch.

«Heutzutage geht man alles sehr grundsätzlich an, wenn man erfolgreich sein will.»

«Er liest sogar Hillary Putnam *Die Bedeutung von Bedeutung*», sagte sie voller Ehrfurcht. «Sein Bildungsgrad ist wirklich beängstigend.»

«Kannst du mir einen Ausdruck von seiner Leseliste machen?»

«Aber das sind über dreißig Bücher. Er ist erst seit sechs Wochen in unserer Bibliothek eingeschrieben und hat schon vierunddreißig Werke aus dem Bereich Geisteswissenschaften ausgeliehen.»

«Ich würd's mir gern genauer ansehen.»

«Du willst das doch nicht alles lesen?»

«Warum nicht? Angeblich soll man mit der richtigen Denktechnik jeden intellektuellen Gegner aus dem Felde schlagen.»

«Denk lieber an deine skrupellosen Vulkaniseure in Afrika.»

So ging es noch eine Weile hin und her, und ich erspare

mir lieber, wieviel Zeit und Fragen es kostete, bis ich endlich den Computerausdruck in den Händen hielt.

Das also waren seine geistigen Väter. Das war die ehrenwerte Schattengesellschaft, mit der ich in Zukunft meine Kämpfe ausfechten würde. Damals ahnte ich noch nicht, daß Lutz nur noch vergleichende Studien betrieb – daß sein Weltbild längst die Geschlossenheit eines greisen Philosophen hatte und die Radikalität seiner Schlußfolgerungen zum bejammernswerten Zustand der Welt die eines nihilistischen Denkers wie Nietzsche bei weitem übertraf.

Er setzte den Keim des Zweifels und Argwohns in meine Seele, die – zugegeben – längst für diesen Augenblick der Wahrheit vorbereitet war und nur noch auf das Auftauchen der Schittecks gewartet zu haben schien.

11 Gutgläubig, wie diese verträumten Mädchen hinter ihren Buchungscomputern nun einmal sind, hatte Wanda mir damals schließlich sogar ohne Leseausweis Jakob Wildermanns «Theorie der schädlichen Keime und verschmutzten Umwelt» in der historischen Ausgabe von 1898 überlassen. Sie glaubte, meine wissenschaftliche Qualifizierung würde mich endgültig aus den Klauen jener Reifenmafia (und natürlich auch ihrer weiblichen Konkurrentin) in Kamerun befreien. Und als ich ihr jetzt das Buch im Austausch gegen Lutz' Computerausdruck zurückgab, schien die Welt für einen einzigen atemlosen Augenblick wieder in Ordnung zu sein; es herrschte eine Art glückseliger, friedlicher Stille wie im Zentrum des Orkans...

Bis sie sagte: «Ich wußte, daß du ein grundehrlicher Kerl bist, Daniel. Übrigens habe ich gestern jemanden in der Zeitung abgebildet gesehen, der dein Zwillingsbruder sein könnte.»

«So? Das würde mich wirklich überraschen.»

«Er ist Lehrer an einer Schule der Stadt.»

«Dann wäre es sicher interessant, mit ihm ins Gespräch zu kommen.»

«Wir haben hier eine Art biologisches Versuchsgelände, das unter seiner Obhut steht. Am nächsten Sonntag findet eine Begehung aller umweltbewußten Bürger statt. Was hältst du davon, wenn wir auch hingehen?»

«Oh, ich glaube, am Sonntag bin ich leider verhindert. Wahrscheinlich sitze ich dann schon wieder im Flugzeug nach Gabun...»

«Kamerun», verbesserte sie.

«Ja, Kamerun.»

«Na, ich werde jedenfalls dort sein. Das sind wir unserer Umwelt schuldig», sagte sie und bedachte mich mit einem so enthusiastischen Lächeln durch ihre spiegelnden Brillengläser, daß ich fast geneigt gewesen wäre, mir diesen Paul Grob einmal aus der Nähe anzusehen.

Doch als ich endlich vor der Bibliothek stand und noch einen letzten Blick zu den Fenstern des düsteren Granitbaus mit seinen vergoldeten Adlern und schießschartenartigen Luken über dem Gesims des Dachstuhls hinaufwarf, um Wanda zum Abschied zuzuwinken, hatte ich diesen Gedanken schon wieder verworfen. Ich habe es immer verabscheut, ein Doppelleben zu führen. Es war unser aller Diskrepanz von Schein und Sein, die mich schließlich dazu gebracht hatte, meine Kräfte in ein so aussichtsloses Unternehmen wie BIO-EINS zu investieren, einmal davon abgesehen, daß es gegen die Logik vom Satz der Identität und des Widerspruchs verstoßen hätte und nur durch das aufwendige Manöver eines Bühnenillusionisten möglich gewesen wäre, sich scheinbar an zwei verschiedenen Orten gleichzeitig aufzuhalten – und seien es nur die beiden einen halben Meter voneinander entfernten Punkte, an denen sich Daniel, der Reifenhändler, und Paul Grob bei der Begehung von BIO-ZWEI zur Begrüßung die Hände reichten.

«Mach dir klar, daß wir uns im Bett und nicht in der Kirche befinden», sagte Xaveria neben mir.

Ich wälzte mich schlaftrunken von der Seite auf den Rücken. Anscheinend hatte ich wieder im Schlaf gesprochen.

«Was habe ich denn gesagt, Liebste?»

«Gott sei seiner armen Seele gnädig.»

«Gott sei...? Ah, richtig, Brookmanns mysteriöses Verschwinden geht mir immer noch im Kopf herum. Stell dir vor, als ich heute nachmittag aus der Bibliothek kam, traf ich Klein an der U-Bahn-Station. Er ist der festen Überzeugung, Brookmann sei nicht freiwillig aus dem Leben geschieden.»

«Es existiert aber doch ein Abschiedsbrief wegen seines Freitods», sagte Xaveria und schaltete überrascht die Nachttischlampe an. «Hat die Polizei denn nicht sogar seine Echtheit überprüft?»

«Das schon. Brookmanns Brief ist zweifellos authentisch. Genauso wie das handgeschriebene Testament, das den Schittecks sein Haus und seinen Anteil an BIO-EINS vermacht.»

«Und wo liegt das Problem?»

«Man hat vorgestern seine verweste Leiche im Fluß gefunden. Er trug ein Goldgebiß.»

«Na und?» fragte Xaveria. «Er trug doch ein Goldgebiß, oder?»

«Genaugenommen war Brookmanns Leiche schon so verwest, daß man ihn nur noch an seinem künstlichen Gebiß identifizieren konnte. Es stammt noch aus seiner Zeit in der Fremdenlegion. Damals ließ er sich in Algerien ein komplettes Goldgebiß anfertigen, weil die Preise dort besonders günstig waren. Sein Zahnarzt hat es einwandfrei identifiziert.»

«Dann verstehe ich noch weniger, wo das Problem liegt. Wir haben seinen Abschiedsbrief, wir haben sein Testament, und nun haben wir sogar seine Leiche.»

«Erinnerst du dich denn nicht mehr an sein Gelöbnis?»

«An sein Gelöbnis? Nein.»

«Ich bin auch erst durch Klein darauf gebracht worden. Brookmann hatte bei unserer letzten Monatssitzung geschworen, nicht eher wieder sein Goldgebiß zu tragen, als bis der Dr.-Clemens-Kleiber-Bach so sauber wie Trinkwasser sei. Anscheinend glaubte er, die Demonstration von soviel Gold im Mund sei anrüchig. Aber ein Sieg über die Wasserverschmutzung in der Dritten Welt würde ihn moralisch rehabilitieren.»

«Doch, jetzt erinnere ich mich wieder», bestätigte Xaveria. «Weil Eber vorgeschlagen hatte, seine Filteranlage lieber irgendeinem Land der Dritten Welt zu spenden. Dort würde es dringender gebraucht als bei uns.»

«Das war nicht sehr taktvoll, finde ich.»

«Wer trägt auch schon ein vollständiges Goldgebiß, Paul. Es sah wirklich etwas protzig aus.»

«Brookmann wollte sogar durch ein Feuchtbiotop in BIO-EINS beweisen, daß sein Trinkwasser jedem Vergleich standhalten könnte – deshalb liegt jetzt der Badesee der Schittecks vor unserer Haustür. Leider hat niemand rechtzeitig gegen seinen Plan votiert, weil wir fest davon überzeugt waren, der Dr.-Clemens-Kleiber-Bach sei durch keine Filteranlage der Welt zu Trinkwasser zu machen – außer durch die Kläranlage eines leistungsfähigen Wasserwerks.»

«Und wir haben sogar unsere Unterschriften unter seine testamentarische Verfügung gesetzt.»

«Kannst du mir folgen?» erkundigte ich mich.

Xaveria richtete sich im Bett auf und sah mich ausdruckslos an. Die Haut über ihrem mager gewordenen Kinn spannte sich vor lauter Nachdenken, als sie schließlich sagte:

«Willst du damit etwa behaupten...?»

«Klein ist fest davon überzeugt, man habe einer fremden Leiche Brookmanns Gebiß eingesetzt, um seine Ermordung zu verschleiern.»

«Und wo steckt seine echte Leiche?»

«Das ist die Preisfrage.»

«Wurde er nicht zuletzt in BIO-ZWEI gesehen?»

«Bei einem seiner wassertechnischen Versuche, ja. Da habe ich mich schon umgeschaut.»

«Was denn, du spielst für die Polizei Detektiv, Paul? Ist das nicht viel zu gefährlich bei der kriminellen Energie dieser Leute? Wenn Brookmann wirklich ermordet wurde, solltest du lieber kein Risiko eingehen.»

«Klein will morgen eine außerordentliche Sitzung einberufen.»

«Wo denn, etwa bei den Schittecks?»

«Wir berufen uns dabei einfach auf unser Gewohnheitsrecht. Es ist das einzige Haus in BIO-EINS, das über einen Saal für Mitgliederversammlungen verfügt. Ich denke, die Schittecks werden sich als Nachfolger Brookmanns wohl kaum unserer Bitte verschließen können. Vergiß nicht, daß schon ein Termin aus Rücksichtnahme für unsere neuen Nachbarn ausgefallen ist.»

«Rücksichtnahme… du willst wohl sagen, weil sie uns auf dem falschen Fuß erwischt haben. Wir sind als Verein gar nicht mehr handlungsfähig, seitdem diese unsägliche Familie das Terrain beherrscht. Aber jetzt ist sicher eine ausgezeichnete Gelegenheit, um nach ihren Schwachstellen zu suchen.»

«Falls Brookmann gegen seinen Willen ins Jenseits befördert wurde, wären seine Erben die Hauptverdächtigen.»

«Natürlich – die *Schittecks*», entfuhr es Xaveria. «Wer denn sonst, Paul?»

«Bitte keine Vorverurteilungen.»

«Es muß jemand sein, der Brookmanns Gebiß in die Hände bekommen hat.»

«Hat nicht kürzlich noch eines der Schitteckkinder beim Baden mit so einem Ding Kastagnetten gespielt?»

«Nicht, daß ich wüßte.»

«Jedenfalls war es irgend etwas Goldenes, das habe ich deutlich gesehen.»

«Stell dir vor, wir könnten die Schitteckfamilie des Mordes überführen. Es wäre das Aus für sie in BIO-EINS.»

«Wir rammen ihnen unsere Lanzen in die Achillesfersen – das waren doch deine Worte, oder?»

«Mach dich nicht über mich lustig, Paul. Hast du nicht selbst schon in BIO-ZWEI nach Brookmanns Leiche gesucht?» Damit löschte sie einfach die Nachttischlampe und überließ mich meinen Gedanken.

Ich betrachtete im Halbdunkel des Schlafzimmers das bewegte Muster der kahlen Äste, das die Bäume vor unserem Fenster an die Wand zeichneten. Und zwischen Wachen und Träumen glaubte ich plötzlich, sie nähmen wie durch Zauberei die Gestalt von Fahnen an. Nachts waren die drei rotgestrichenen Stangen mit Wimpeln, die Schitteck senior wegen Dagmars Schwangerschaft in den Seegrund gerammt hatte, von einem Scheinwerfer angeleuchtet. Das *Magische Dreieck*, das nach alter Geheimlehre den Charakter und das Schicksal des Neugeborenen beeinflußte, durfte auf gar keinen Fall zerstört werden, weil sonst der Kontakt zur Geometrie der Sternenbahnen unterbrochen wurde.

Als ich ans Fenster trat und einen Blick auf die spiegelnde Wasserfläche vor unserer Veranda warf, entdeckte ich, daß mir meine Phantasie einen Streich gespielt hatte, denn die Wimpelstangen waren viel zu weit entfernt – sie hätten unmöglich ihre Schatten an unsere Schlafzimmerwand werfen können. Doch der ruhig daliegende See, dessen Uferschilf sich leicht im Wind bewegte, als würde es von einer großen unsichtbaren Hand niedergedrückt, übte eine so magische Anziehungskraft auf mich aus, daß ich meinen grüngrauen Frotteebademantel anzog, um unten am Wasser noch ein wenig Luft zu schöpfen.

Oder anders ausgedrückt: Die lange Enthaltsamkeit – ich hatte Charlotte (Tanja) seit unendlich vielen Stunden nicht gesehen – mußte mein Gehirn in so trügerischen Hoffnungen wiegen, daß ich mir ausmalte, durch eines der Fenster im Haus der Schittecks einen Blick auf sie zu erhaschen. Wie sie unser achtundzwanzigteiliges Edelstahlbesteck mit dem eingeprägten Bundesadler in ihr Kostüm stopfte, um es mir zurückzubringen. Oder wie sie einen Scheck über den Inhalt der Tombolakasse für die Brillen unserer stark kurzsichtigen Farbigen in Obervolta mit Zins und Zinseszins ausstellte.

Ich umrundete den See, bis ich unterhalb des Hitzackeranwesens war. In Hitzackers Arbeitszimmer brannte noch Licht. Er gehörte zu den Gründungsmitgliedern der Kommune und schrieb an einer Doktorarbeit über das Thema «Aluminium als Allergieauslöser».

Die grüne Lampe an seinem Schreibtisch erinnerte mich daran, daß ich mich eigentlich selbst im Fach Umweltschutz hatte habilitieren wollen, aber bei der Frage nach den Ursachen unserer Gleichgültigkeit auf unüberwindliche Probleme gestoßen war.

Wenn ich an den zwei, manchmal auch drei Tagen der Woche aus der Schule kam, an denen unser «klassenübergreifender Schulversuch im Fach Ökologie» stattfand, hatte ich nur noch selten Sinn für so feinsinnige Fragen wie die Wechselbeziehung zwischen den Lebewesen und dem ungestörten Haushalt der Natur. Die überall anzutreffende Störung des dynamischen Gleichgewichts, des sogenannten *Fließgleichgewichts*, war auch in meiner Klasse zu handgreiflich, als daß ich mir Illusionen darüber hätte machen können, alle jene zappelnden, desinteressierten, emotional und intellektuell unterbemittelten kleinen Hampelmänner würden doch noch eines Tages Gefallen daran finden, die Quecksilberbatterien ihrer Walkmen in den aufgestellten Sondermüllbehälter zu werfen. Und da der Mensch nun einmal abhängig von seinen momentanen Stimmungen und Erlebnissen ist, brachten es diese kleinen Monstren regelmäßig fertig, mir mehr und mehr von meinem ursprünglichen Elan zu nehmen.

Meine Arbeit sollte eine psychologisch-weltanschauliche Studie sein, die ein für allemal mit dem Irrglauben aufräumte, gesellschaftlicher Einfluß – «Umerziehung», «Lernen durch Vorbilder» – reichten aus, um uns tiefgreifend zu verändern.

Will man sich nicht fatalistisch dem Schicksal seiner Gene überlassen, das bei den meisten Menschen kaum über ein wenig körperliche Sauberkeit und Ordnung in den eigenen vier Wänden hinausgeht, dann muß man seine Werte *wählen*. Aus Freiheit, auch ohne durch den eigenen Vorteil motiviert zu sein – und das sogar gegen den Widerstand seiner Gefühle.

Hitzackers Untersuchung über die Gefahren des Aluminiums dagegen war ein deterministischer Schritt in die entgegengesetzte Richtung, weil er das Übel schon an der Wurzel packte, nämlich am egoistischen Dreh- und Angelpunkt unseres Bewußtseins – der Genuß- und Habsucht, der Bequemlichkeit, dem Streben nach Gesundheit. «Aluminium macht krank» contra «Freiheit», und schon durften wir mit saubereren Verkehrsinseln rechnen, weil unsere Umweltsünder weniger Bierdosen aus dem fahrenden Wagen warfen.

Als ich am Dr.-Clemens-Kleiber-Bach angelangt war, der vor dem Hohlweg zum Gelände von BIO-ZWEI seine Röhre verläßt und als stinkender Bach für etwa hundert Meter oberirdisch verläuft, weil es der Geschäftsleitung des benachbarten Chemiewerks eingefallen war, dort nach unserem Vorbild eine «natürliche Flußlandschaft» wiedererstehen zu lassen – um uns den Wind aus den Segeln zu nehmen, wie wir inzwischen herausgefunden hatten –, konnte ich vor dem Haus der Schittecks in die Bekken von Brookmanns wassertechnischer Versuchsanlage sehen.

Das Wasser stand dort, schaumige braune Blasen werfend, als hohnlache die Materie auf immer über die Hybris des Menschen und seine vergeblichen Versuche, die Natur in ihren ursprünglichen Zustand zurückzuversetzen.

Am Anfang war Brookmanns Anlage für unsere Nachbarn nur das spinnerte Kellerlabor eines verschrobenen Junggesellen gewesen, das sich nach und nach vergrößert und bis zur Betonmauer des Chemiewerks ausgedehnt hatte.

Aber seitdem die Gerüche des oberirdisch verlaufenden Dr. Clemens-Kleiber-Bachs auch die umliegenden Wohnsilos behelligten und Brookmann sich im Dienste seiner Aufgabe verzehrt und schließlich sogar das Leben genommen hatte (so irgendein phantasiebegabter Dichter in der örtlichen Kulturredaktion), galten seine Experimente als epochemachend. Sicher würde man ihm eines Tages im Stadtzentrum ein Denkmal setzen.

Rottweiler Schitteck war nirgends zu entdecken – genausowenig wie Charlotte –, deshalb kletterte ich an den Eisensprossen zu den Fenstern von Brookmanns Kellerlabor hinunter und sah durch die staubigen Scheiben. Drinnen brannte nur das grüne Notlicht. Die Anlage bestand aus drei Stahlkesseln, zwischen denen sich die Computersteuerung befand, und der sogenannten «Reinigungstrommel», einem mysteriösen Behälter mit einem Gemisch aus Edelgasen, die angeblich in der Lage sein sollten, sauberes Wasser zu erzeugen.

Wenn Brookmann wirklich eines gewaltsamen Todes gestorben war, wie Klein glaubte, mußte die Leiche mit dem Goldgebiß im Fluß jemand anders sein, es sei denn, man hielt sein Gelöbnis für bloße Rhetorik. Das schaumige braune Wasser in den Klärbecken bewies, wie wenig erfolgreich seine Versuche gewesen waren.

Ich hielt einen Zipfel meines Frotteebademantels gegen die Scheibe und schlug mit der Faust das Glas ein.

Irgendwo weit entfernt hinter den Mauern antwortete Rottweiler Schittecks wütendes Bellen.

Als ich durch die Öffnung im Glas nach dem Fenstergriff faßte, ging auf der anderen Seite des Sees das Licht an, und ich sah Xaveria in ihrem durchscheinenden weißen Seidennachthemd ans Schlafzimmerfenster treten. Für einen Moment hätte ich in dieser Nacht der Halluzinationen glauben können, es sei Charlotte, die unverhofft die Seiten gewechselt hatte.

Wahrscheinlich hatte Xaveria die leere Betthälfte neben sich entdeckt. Doch da ich oft nachts aufstand und durchs Haus streifte, um meinen Gedanken nachzugehen, würde sie sich wohl kaum über meine Abwesenheit wundern.

Brookmanns Labor war ein Labyrinth voller undurchschaubarer Kabel, Gasbehälter, Reagenzgläser, Pumpen und Regelelektronik, das jedem NASA-Techniker zur Ehre gereicht hätte. Am Aufwand gemessen, hatte sich die braune Brühe in den Filterbecken erstaunlich gut gegen seine Versuche behaupten können. Ich warf einen Blick in Brookmanns Notizbuchkladden, wo er jedes Experiment mit der Akribie eines peniblen Buchhalters aufgeführt hatte.

Unter dem Datum unserer letzten Vereinssitzung fand ich nur ein einziges Stichwort: *Gebiß!*

Und drei Tage später: *Gott stehe mir bei – ich muß diesen ewigen Haferschleim und Kartoffelbrei so schnell wie möglich wieder loswerden!*

Wenn man von seiner Gründlichkeit und Sorgfalt als Erfinder ausging, hätte man dann nicht auch beim erfolgreichen Abschluß seiner Versuche eine Eintragung erwarten dürfen wie: «Gebiß wieder eingesetzt» oder «Kartoffelbrei/Haferschleim/Ende»?

Aber die letzte Notiz lautete: «Gestern zum ersten Mal seit dem Algerienkrieg Kontakt mit Schitteck, meinem alten Freund aus der Fremdenlegion. Die Schittecks wollen sich in der Stadt niederlassen. Ich schulde Albert Dank, weil er damals im *Schebel Amur* beim Kampf gegen Sidi bel Blida meinen Hals gerettet hat. Seine Familie ist ganz reizend (allerdings reichlich groß für das Haus), deshalb werde ich sie wohl bei mir aufnehmen, bis sie etwas anderes gefunden hat. Ich wußte gar nicht, daß Albert in der Legion Experte für Trinkwassergewinnung war.»

Trinkwasser... warum nicht gleich für reinen Alkohol? Hätte Brookmann sich zufällig mit dem Problem der radioaktiven Strahlung in Kernkraftwerken befaßt, wäre Schitteck senior wahrscheinlich Atomingenieur gewesen.

An der Wand über seinem Schreibtisch hing eine grob mit schwarzem Filzstift gezeichnete Skizze, in der die Grotten und Wassertümpel von BIO-ZWEI und ihre Wasserqualität eingetragen waren. Die sogenannte «kleine Grotte», an der ich eines Morgens meine lilafarbenen Rosen mit grünen Einsprengseln entdeckt hatte, sollte nach Brookmanns Analyse weniger belastet sein als das Wasser in der «großen Froschgrotte», einem System von untereinander verbundenen Höhlen. Wenn man den Hang von der kleinen zur großen Grotte hinunterstieg, konnte man glauben, ein urzeitliches Riesenexemplar des schwarzgrau melierten Kohlenfroschs, der doch eigentlich nur eine Mutation des gewöhnlichen gelbbraunen Grasfroschs war, habe an der Eingangswand seinen Abdruck im Fels hinterlassen.

Am tiefsten Punkt der Froschgrotte hatte sich ein unterirdischer See gebildet. Nach Brookmanns Analysen enthielt er Spuren starker Umweltgifte, die vom Gelände des Chemiewerks stammten und mit dem Regen ins Grundwasser gespült wurden. Doch der Direktor der *Kleiber-Chemie*, ein Bursche vom Typ «verschlagener Manager, aber die Freundlichkeit in Person», hatte es schon zweimal verstanden, unsere Klagen abzuschmettern.

Als ich mir Brookmanns Skizze vom unterirdischen See etwas genauer ansah, entdeckte ich, daß er in seiner winzigen, kaum leserlichen Handschrift ein paar Notizen über den Weg der Gifte vom Gelände der Kleiber-Chemie gemacht hatte. Ich nahm eine Lupe zur Hand, weil ich nicht verstand, was die blauen und roten Linien im Erdreich von BIO-ZWEI zu bedeuten hatten. Und plötzlich begriff ich, daß es sich um die wissenschaftliche Kontroverse zweier Wasserexperten handelte: Brookmann, der sein Leben der Aufgabe verschrieben hatte, aus unseren flüssigen Absonderungen klares Trinkwasser herzustellen, und Schitteck senior, dem schon in der Fremdenlegion, wo sie gemeinsam gegen den algerischen Rebellen Sidi bel Blida gekämpft hatten, wegen seines Gespürs beim Auffinden von Wasserlöchern der Spitzname «Magier mit der Wünschelrute» verliehen worden war.

Nach Schittecks Theorie kam das Gift nicht vom Gelände der Kleiber-Chemie, sondern wurde nur aus dem Boden gewaschen. Dabei mußte man sich in Erinnerung rufen, daß in BIO-ZWEI an manchen Tagen immer noch kleine Rauchsäulen aus dem tief im Erdreich glühenden Koks aufstiegen. Von seinen Felsgrotten und dem ursprünglichen Anteil natürlicher Erde abgesehen, bestand das Gelände aus einer Mischung aller nur denkbaren Arten von Abfällen. Es war zwar inzwischen vollständig bepflanzt und wieder so verwildert, daß man von einer nachindustriellen Urlandschaft sprechen konnte, aber seine ungewöhnliche Flora und Fauna verdankten wir wohl allein dem geheimnisvollen Wechselspiel von Genen, Bodenstrahlung und chemischen Verbindungen. So farbenprächtig wie in BIO-ZWEI hatte bisher noch kein Johanniskraut geblüht.

Ja, ich bezweifele sogar, daß es ein erfahrener Botaniker wegen seiner exotisch schillernden Blüten sofort als Johanniskraut identifiziert hätte.

12 Als ich Brookmanns Kellerlabor verließ, bog auf der anderen Seite des Sees ein Taxi in den Sandweg ein; seine Scheinwerfer huschten kurz über die Fassade, und irgendwo hinter den Mauern antwortete wieder Rottweiler Schittecks wütendes Bellen.

Ich stieg die Eisenleiter am Filterbecken hinauf, bis ich unseren Hauseingang sehen konnte. Weiter hinten auf den Hügelkuppen ragten die drei Windkrafträder von BIO-EINS wie langstielige Blumen in den Nachthimmel.

Gleich darauf schallte eine kräftige Frauenstimme über den See, Tonlage Bierbaß, und ich wußte, daß Xaverias Mutter uns mit ihrem obligatorischen vierteljährlichen Besuch beehrte. Sie blieb zwar gewöhnlich nur eine Woche, aber diese sieben Tage, in denen sie jeden Quadratzentimeter im Haus und Garten einer strengen Prüfung unterzog, gerieten ihr regelmäßig zur Neuerschaffung der Welt. Vielleicht verfügte sie ja über eine Art archetypisches Reservoir aller Wesenszüge, die zu unserem Bild der Schwiegermutter gehören.

Die Magersucht ihrer Tochter, ihre nervösen Anfälle, ihre zeitweilige Beurlaubung vom Schuldienst. Es gab kaum etwas in unserer Ehe, für das ein Paul Grob nicht den Kopf hinhalten mußte, und sei es nur versuchsweise, um zu sehen, wie ich darauf reagierte (Schweigen galt als Schuldeingeständnis). Dabei zwirbelte sie manchmal mit der einen freien Hand nachdenklich ihren Damenschnurrbart. Immer wenn sie mir eine Gardinenpredigt hielt, war dieser Abstecher in die Kaiser-Wilhelm-Zeit fällig. Wäre ich ein mutigerer Zyniker gewesen, als ich war, hätte ich ihr zum Geburtstag eine Dose schwarze Schnurrbartwichse geschenkt.

«Hallo, Tantchen», sagte ich, als sie hinter dem Taxifahrer ins Haus ging. «Hat Xaveria dich zu unserer vegetarischen Woche eingeladen?»

Lilo warf mir einen mißtrauischen Blick zu. Ich wußte, daß sie es haßte, «Tantchen» genannt zu werden. Sie liebte es, sich so exakt in den Bahnen der Sprachkonventionen zu bewegen wie ein gut domestizierter Deutschlehrer oder Verlagslektor, und die einzige Anrede, die sie akzeptiert hätte, lautete folglich «Mutter». Aber was noch schwerer wog: Als überzeugte deutsche Hausfrau brauchte sie zum Mittagessen einen soliden Braten (und keine exotischen Neuerungen wie Gyros, Čevapčići oder Cheeseburger). Vegetarische Kost erinnerte sie an die Hungerzeiten nach dem Zweiten Weltkrieg.

«Welche vegetarische Woche denn, Paul? Davon weiß ich ja noch gar nichts. Ihr seid doch sowieso schon Lakto-Vegetarier.»

«Aber jetzt haben wir auch die Eier und Milcherzeugnisse abgeschafft.»

«Im Ernst? Ist das wieder mal auf deinem Mist gewachsen?» fragte sie und stemmte ihre Hände in die Hüften. «Xaveria würde doch nie auf solche Schnapsideen kommen. Du bringst meine Tochter noch ins Grab.»

«Nein, es war ihre Idee.»

«Dann müßt ihr beide übergeschnappt sein.»

«Findest du denn, daß es moralisch vertretbar ist, unsere etwas dümmeren Nachbarn aufzuessen? Wenn das entscheidende Kriterium für Unmoral der Schmerz ist, den wir anderen Lebewesen zufügen, von ihren entgangenen Lebensmöglichkeiten ganz zu schweigen – dann handelt es sich bei der Schlachtung eindeutig um ein Verbrechen.»

«Und die Hausmilben?» fragte sie. «Mit jedem Schritt durch dein Wohnzimmer zerstörst du irgendeine Art von Leben, Paul. Komm mir nicht wieder mit deinen philosophischen Hirngespinsten.» Sie gab dem Taxifahrer, der mir interessiert zugehört hatte, ein Zeichen, endlich ihre Koffer nach oben zu bringen.

«Glauben Sie wirklich, daß es unmoralisch ist, so ein armes Ferkel zu verspeisen?» erkundigte er sich im Vorbeigehen.

«Es ist entweder moralisch oder unmoralisch oder moralisch indifferent. Eine vierte Möglichkeit gibt es nicht. Aber glauben Sie denn, daß es moralisch indifferent ist, jemandem auf dem Schlachthof einen Bolzen zwischen die Augen zu jagen?»

Er schüttelte den Kopf und warf mir von der Treppe aus einen nachdenklichen Blick zu.

Ich habe nie gefunden, daß es nutzlos ist, seine Mitmenschen in weltanschauliche oder philosophische Gespräche zu verwickeln. Wenn man sie auf dem richtigen Fuß erwischt, sind sie ansprechbarer, als man denkt.

Xaveria kam aus dem Schlafzimmer, weil sie unsere Stimmen gehört hatte.

«Deine *Mutter*», sagte ich.

«Bitte, Paul, ich höre deinem Tonfall an...»

«Gibt es überhaupt irgendeinen Menschen auf der Welt, der mit seiner Schwiegermutter in Frieden lebt? Sie ist nervlich wieder mal am Ende.»

«Und wieso, wenn ich fragen darf?»

«Das sehe ich ihrem Gesicht an. Sie spielt schon wieder Marlene Dietrich. Der reizbare Star und seine schnöde Umwelt.»

«Ich finde, seitdem die Schittecks neben uns eingezogen sind, bist du ein unausstehlicher Zyniker, Paul.»

«So? Ist mir noch gar nicht aufgefallen.»

«Früher hättest du dich nie zu solchen Gemeinheiten hinreißen lassen.»

«Was soll ich denn deiner Meinung nach tun? Bis zum Morgengrauen ihre Hand halten? Wenn sie mitten in der Nacht auftaucht, ist für alle klar, daß sie wieder an ihrer periodischen Schlaflosigkeit leidet, und das macht sie nicht gerade zu einem Ausbund an Liebenswürdigkeit.»

«Bring ihr wenigstens einen kleinen Imbiß aufs Zimmer, um ihr zu zeigen, daß sie willkommen ist.»

«Wer von uns beiden hat denn immer die Meinung vertreten, wir sollten weniger heuchlerisch sein?»

«Höflichkeit und Heuchelei sind nicht dasselbe, Paul.»

Ich brachte Xaverias Mutter zur Begrüßung eine Schale mit eingelegten grünen Paprikaschoten aufs Zimmer, aber es schien sie genausowenig von ihrem Plan abbringen zu können wie das flackernde Licht unserer autonomen Stromversorgung.

«Wir werden uns leider kaum um dich kümmern können», sagte ich. «Wegen anderer Probleme.»

«Habt ihr euch denn jemals um eure alte Mutter gekümmert – Probleme, was für Probleme?»

«Jemand aus der Kommune ist ermordet worden.»

«Das sieht euch wieder ähnlich. Habe ich nicht schon immer prophezeit, daß euere Lebensweise früher oder später zu Mord und Totschlag führt?»

«Wir halten morgen unsere Vereinssitzung ab. Ich

möchte dich dringend davor warnen, deiner Tochter irgendwelche Ratschläge zu erteilen.»

«Ich – meiner Tochter?» fragte sie mit unschuldigem Augenaufschlag und schlug wie Marlene Dietrich ihre langen schlanken Beine übereinander; dann griff sie in ihr schwarzes Lacktäschchen, um sich eine Zigarette anzuzünden. Sie benutzte eine altmodische überlange Zigarettenspitze aus türkischem Neusilber, und manchmal fragte ich mich angesichts dieses antiquierten Requisits aus einer längst vergangenen Epoche, ob sie die Verlängerung vielleicht nur brauchte, weil sie sonst versehentlich ihren schwarzen Damenbart in Brand gesetzt hätte.

«Davon kann überhaupt keine Rede sein. Ich werde einfach nur mucksmäuschenstill dasitzen und aufmerksam zuhören.»

«Was heißt ‹zuhören›?»

«Du wirst mir doch wohl nicht verwehren wollen, an eurer Sitzung teilzunehmen?»

«Nach den Vereinsstatuten habe ich gar kein Recht dazu, einen Fremden mitzubringen.»

«Also ich bitte dich, Paul. Übertreib es nicht mit deiner Gastfreundschaft. Ich weiß ja, daß dir deine alte Mutter immer ein Greuel war.»

«Meine alte Mutter ist vor achtzehn Jahren gestorben», murmelte ich, schon in der Tür stehend, und ballte unauffällig die Faust hinter dem Rücken.

Soviel zu dem bedauerlichen Zwischenspiel, das man Familienleben nennt.

Man gelangt manchmal zu der Einsicht, daß gewisse Mißstände unabänderlich sind und daß der Fluch vergangener Taten sich nicht mehr durch ein freundliches Gesicht aus der Welt schaffen läßt – das wußte auch Xaverias Mutter, seitdem sie mit ihren Koffern ins Taxi gestiegen war, und weder in der Bibel noch in irgendeinem anderen klugen Ratgeber findet sich ein praktikabler Ratschlag, wie wir diesen Teufelskreis verlassen könnten.

13 Eine halbe Stunde vor der Sitzung bei den Schittecks trafen wir uns alle in Kleins Bungalow, um unsere Strategie zu beratschlagen. Nach Kleins Überzeugung waren die Schittecks nur auf seinen Wunsch eingegangen, weil sie Verdacht geschöpft hatten – die eingeschlagene Scheibe in Brookmanns Labor. Ich hatte keinen Anlaß gesehen, ihm meine nächtliche Exkursion zu verschweigen. Klein besaß ein gemütliches Wohnzimmer mit breiten Sitzecken aus ungebleichter pakistanischer Baumwolle. Es gab St.-Andreas-Tee, im Steinofen gebakkene Teigfladen und zum Nachtisch gesüßten Sojabrei.

Seine Frau, eine blasse Mittvierzigerin mit großen dunklen Augen und ebenso großen Nasenlöchern, warf mir wegen meines Einbruchs manchmal anklagende Blicke zu – als hätte ich nach so vielen Jahren ideologischer Gemeinsamkeit der Kommune endlich meinen wahren Charakter offenbart.

«Wenn man Brookmanns Leiche mit dem Goldgebiß im Fluß gefunden hat», sagte Hitzacker, «und sein Abschiedsbrief ist echt, dann sehe ich überhaupt keinen Grund, an den Ermittlungen der Polizei zu zweifeln.»

«Ein Abschiedsbrief, der ihm auch unter Zwang diktiert worden sein könnte», widersprach seine Frau.

«Der Grund ist schlicht und einfach, daß es dieses Gelöbnis gibt», meinte Klein. «Übrigens soll dem Gebiß ein Schneidezahn gefehlt haben. Was Paul anbelangt, so billige ich sein Vorgehen, weil es lediglich der Wahrheitsfindung diente. Das Labor ist Gemeinschaftseigentum. Es wurde aus der Vereinskasse finanziert und gehört nicht zum Nachlaß Brookmanns.»

Mohrman, der das Haus auf dem Hügel an der Straße bewohnte und für die Wartung der Windkrafträder zuständig war (übrigens der einzige Alkoholiker in unserer Runde), goß sich noch einen Rotwein aus der mitgebrachten Flasche ein. Er hielt sein Glas gegen das Licht und sagte:

«So wahr dieser Tropfen aus biologisch angebauten Trauben stammt – Brookmann war einen Tag vor seinem mysteriösen Verschwinden bei mir, und da trug er weder sein Gebiß, noch machte er irgendwelche Andeutungen darüber, daß er sich das Leben nehmen wollte.»

«Und seine Wasserversuche?» fragte ich. «Könnte es dabei keinen Durchbruch gegeben haben?»

«Nein, unwahrscheinlich. Er erwähnte nämlich, seitdem die Raffinerie *Super-Plus-Additiv* produziere, stehe er vor dem Problem, seine Apparate umstellen zu müssen, weil das Wasser des Dr.-Clemens-Kleiber-Bachs krebsverdächtige Substanzen enthalte.»

«Was zum Teufel ist Super-Plus-Additiv?» fragte Klein erregt.

«Ein besonders aggressiver neuer Mineralölzusatz, der den Motor reinigt und das Klopfen verhindert», sagte Hitzacker. «Das Zeug wurde ursprünglich als Ersatzstoff entwickelt, aber inzwischen hat man entdeckt, daß es sich noch für andere Zwecke eignet.» Hitzacker war der Chemiker der Kommune. Wenn es irgendeine Verbindung gab, die er noch nicht kannte, verbrachte er ein oder zwei Nächte damit, sich darüber die entsprechende Fachliteratur zu beschaffen. Sein gutes Gedächtnis versetzte ihn in die beneidenswerte Lage, ganze Lexikonartikel aus dem Kopf zu zitieren.

«Die Kleiber-Chemie macht mit diesem Stoff etwa vierzehn Prozent ihres Gesamtumsatzes», fuhr Mohrman fort. «Das Zeug ist ein Volltreffer auf dem Mineralölmarkt. Brookmann behauptete, es sei aggressiver als Salzsäure.»

«Kein Wunder», sagte ich, «wenn es dazu dient, Motorrückstände zu lösen.»

«Es war ihm gelungen, sich eine Probe unverdünntes Additiv zu beschaffen. Gewöhnlich wird es nur in geringen Mengen dem Benzin zugesetzt. Und was glaubt ihr, hat er mit dem Zeug gemacht? Er gebrauchte es, um darin abgefahrene Autoreifen aufzulösen.»

«Donnerwetter. Aber er fuhr doch gar keinen Wagen», sagte Klein.

«Natürlich nur zur Demonstration, um zu zeigen, daß verschüttetes Benzin die Reifen angreifen könnte.»

«Und es ist krebserregend?» fragte Xaveria.

«Nach Brookmanns Recherchen gab bei der Entwicklung von Super-Plus zwei große Betriebsunfälle. Dabei sind etwa dreihundert Hektoliter ins Grundwasser gelangt.»

«Etwa auch in den Boden von BIO-ZWEI?» erkundigte sich Xaveria entsetzt.

Ich sah ihrem rotfleckigen Gesicht an, daß schon der bloße Gedanke daran bei ihr allergische Hautpusteln auslöste.

«Und von BIO-EINS», bestätigte Mohrman. «Die Betonmauern des Werks reichen nur drei Meter tief. Danach wird das Gift kaum einen Grund gesehen haben, sich von unserem Boden fernzuhalten.»

Ich biß langsam und ohne das Gesicht zu verziehen ein

Stück von meinem scheußlich schmeckenden «original aztekischen Teigfladen» ab, um mich nach meinem Einbruch in unser Gemeinschaftseigentum als ordentlich funktionierendes Kommunemitglied zu rehabilitieren. Dann, als ich mir der Aufmerksamkeit aller gewiß sein konnte, sagte ich:

«Es bedeutet, daß auch die Kleiber-Chemie Brookmann aus dem Weg geräumt haben könnte, weil er ihren Geschäften gefährlich wurde.»

«Was denn – doch nicht die Schittecks?» fragte Xaveria.

«Kommt drauf an. Wir müssen uns fragen, wer dafür ein Motiv besaß.»

«Großer Gott, ich komme mir ja wie in einem schlechten Kriminalfilm vor», seufzte Kleins Frau. «Erst wird ins Haus der Schittecks eingebrochen, und jetzt soll Brookmann auch noch von der Kleiber-Chemie in Säure aufgelöst worden sein...»

«Wer behauptet denn, daß er in Säure aufgelöst worden sei?» erkundigte sich Klein.

«Na, ihr redet doch dauernd von diesem Zeug – *Super-Plus*.»

«Interessante Idee», sagte Mohrman. «Darauf bin ich noch gar nicht gekommen. Soweit ich weiß, ist die Existenz der Leiche bei der Fahndung der kritische Punkt. Keine Leiche, kein Täter.»

«Aber in unserem Fall *haben* wir ja eine Leiche», widersprach ich. «Wer war der Mann im Fluß?»

«Irgendein Fremder», sagte Ebel.

«Und wenn die Schittecks und die Kleiber-Chemie unter einer Decke stecken?» fragte Xaveria.

«Wir können die Schittecks kaum zu einem Geständnis zwingen. Dazu fehlen uns die Beweise. Aber wir können unsere Augen offenhalten und darauf hoffen, daß sie während der Sitzung einen Fehler machen.»

«Die Schittecks und Fehler – na, ich weiß nicht, Paul.»

Schitteck senior nahm uns an der Haustür in Empfang, nachdem wir uns endlich dazu durchgerungen hatten, der unergiebigen Diskussion ein Ende zu bereiten. Er trug einen albernen buntbedruckten Seidenkimono, der nach meinem Geschmack etwas zu viel von seiner dichtbehaarten Brust sehen ließ. Offenbar konnte er Rottweiler Schitteck nur mühsam am Würgehalsband zurückhalten. Ich mag mich irren oder nicht – aber die Pupillen der Bestie schienen genau wie damals liebevoll meine Kehle zu fixieren.

«Haben Sie vielleicht irgend etwas in der Tasche, Grob?» fragte Schitteck senior. «Das Tier ist ja fast außer sich.»

«Oh, wahrscheinlich hält er mich für eines seiner Kaninchen.»

Brookmanns Haus war kaum noch wiederzuerkennen. Das Treppenhaus erinnerte an eine vorchristliche Kultstätte. An den Wänden hingen graue Steinfratzen, und vom Durchgang zum Salon aus warf eine mysteriöse schwarze Statue ihren Schatten auf die grünen Bodenfliesen. Grün, Gelb und Schwarz schienen jetzt die vorherrschenden Farben zu sein.

Ich fragte mich, ob der grüngelbe Schein damals im Schitteckschen Wohnzimmerturm vielleicht nur vom Glas des Deckenleuchters hergerührt hatte, denn die eine Hälfte der Zwischendecke war bis auf das Eisengeflecht im Beton herausgerissen.

«Großer Gott, sieht's hier scheußlich aus», flüsterte Xaveria.

Aber das Treppenhaus war erst der Anfang. Um in unseren ehemaligen Versammlungssaal zu gelangen, mußten wir zwei große Räume durchqueren, die bis auf einen schmalen Durchgang mit Proviantkisten zugestellt waren. Konserven, Margarinekartons, Speiseöl, Mehl und Hülsenfrüchte, Schokolade, Pralinen – alles sauber numeriert und alphabetisch geordnet. Ein Flaschenzug diente dazu, das Zeug vom Lastwagen durch die Deckenluke zu transportieren. In einem kleinen Verschlag zwischen den beiden Zimmern war Dosenfutter für Rottweiler Schitteck gestapelt.

«Haben Sie Angst, daß Sie verhungern könnten?» erkundigte ich mich an Schitteck senior gewandt.

«Oh, das ist Ware, die ich wegen eines Lagerbrandes für einen alten Geschäftskollegen aufbewahre.»

«Für einen Geschäftskollegen, aha.»

Das Nebentreppenhaus erinnerte an ein gut sortiertes Pfandhaus. Es war vollständig mit schmalen Regalen nach Art eines gigantischen Setzkastens bestückt, in dem sich alte und neue Armbanduhren, Verlobungsringe, kleinere Schmuckstücke und antike Miniaturen befanden.

«Donnerwetter, ist das nicht eine altgriechische *Dekkelbüchse*?» erkundigte sich Hitzacker.

«Bitte nichts anfassen», sagte Schitteck ärgerlich und nahm ihm das bemalte Tongefäß aus der Hand. «Diese Stücke sind äußerst wertvoll. Handschweiß könnte ihre Oberfläche beschädigen.»

«Die bewahrt er sicher für einen befreundeten Antiquitätenhändler auf, weil seine Ausstellung abgebrannt ist», flüsterte mir Xaveria ins Ohr.

«Bitte, was sagten Sie eben? Nein, nicht für einen Antiquitätenhändler. Das sind Erbstücke meines Vaters.» Schittecks Gehör mußte besser sein als meines, bevor es von dieser lärmenden Zivilisation zugrunde gerichtet worden war.

Als wir unseren alten Versammlungssaal betraten, blieb ich überrascht stehen, denn auch dieser Raum war nicht mehr wiederzuerkennen. Die Stuhlreihen mit ihren schmalen Klapptischen, die mich immer an einen düsteren Hörsaal aus der Vorkriegszeit erinnert hatten, waren jetzt strahlend weiß gestrichen. Lutz saß unter dem Fenster an einem neu angebrachten Schreibpult und las – Poppers *Logik der Forschung*, wie ich im Vorübergehen bemerkte.

Klein interessierte sich mehr für eine drapierte Fahne aus weißer Fallschirmseide, die hinter dem Podium von der Decke hing. «Sieh mal einer an», sagte er und deutete auf den Text aus golden umrahmten schwarzen Lettern: *«Ein scharfer Verstand vermag jeden Sinn zu zerfetzen!»*

«Merkwürdig, wo habe ich das bloß schon mal gelesen?» fragte Xaveria.

«Hört sich an wie Ihr Familienleitspruch?» sagte ich an Schitteck gewandt. «Und es soll heißen, das Leben habe weder Sinn noch Bedeutung, oder?»

«Es *hat* keinen Sinn, Grob», erklärte Lutz vom Schreibpult aus, ehe Schitteck senior antworten konnte, und wandte sich mit auf die Stirn geschobener Brille nach mir um. «Weil ein Sinn nur von außen gesetzt werden könnte. Es gibt aber niemanden da draußen in der Kälte des Weltraums, der ihn für uns setzen könnte.»

«Großer Gott, ist das arme Kind übergeschnappt?» fragte Xaveria. «Wer hat ihm bloß diesen Unsinn eingeredet?»

«Du bist doch der Atheist in der Familie», sagte ich. «Nein, er ist nicht übergeschnappt. Er ist einfach nur Agnostiker.»

«*Rationalist*», berichtigte Charlotte hinter mir. «Und

Sie werden der Vater des ersten wahren Rationalisten auf Erden sein. Ist das nicht großartig, Paul?»

«Reden Sie doch keinen Unsinn», sagte ich ärgerlich. «Und sprechen Sie bitte etwas leiser, Sie bringen mich sonst in große Schwierigkeiten.»

Xaveria kam interessiert näher und warf Charlotte einen drohenden Blick zu, der sie auch für einen weniger aufmerksamen Beobachter sofort als gefährliche Konkurrentin qualifiziert hätte. Aber das war angesichts meiner durch Abmagerungskuren fast schwerhörigen und halbblinden Xaveria eher geschmeichelt. Sie sah jede halbwegs passable Frau so an. Es gehörte zu ihrem Repertoire.

«Charlotte, Alberts Tochter», stellte ich vor.

«Tanja», verbesserte Charlotte.

«O ja, natürlich Tanja.»

«Wo hast du bloß wieder deine Gedanken, Paul? Du bist neuerdings ziemlich oft zerstreut», sagte Xaveria. «Wahrscheinlich, weil das *Super-Plus* uns alle verseucht hat.» Dabei warf sie Schitteck senior einen vielsagenden Blick zu. Aber entweder war der alte Schitteck zu klug, um sich wegen eines dahingeworfenen Sprachköders gleich als Mörder Brookmanns zu verraten, oder er wußte gar nicht, wovon die Rede war.

«Super-Plus?» fragte Charlotte.

«Das Zeug, mit dem die Raffinerie nebenan vierzehn Prozent ihres Umsatzes macht», sagte ich.

Schitteck senior zeigte ungerührt in den Saal. «Drüben auf dem Tisch stehen alkoholfreie Begrüßungscocktails. Meine Familie ist wahnsinnig neugierig darauf, die übrigen Mitglieder der Kommune kennenzulernen», erklärte er augenzwinkernd. «Allerdings muß ich meine Tochter Dagmar wegen ihrer Schwangerschaft entschuldigen.

Das Kind scheint ein richtiger Tausendsassa zu werden, es strampelt jetzt schon wie ein Leistungssportler.»

«Keine Angst, Paul», raunte Charlotte hinter mir, als könne sie meine Gedanken lesen, und drückte mir eines der Cocktailgläser in die Hand. «Außer Dagmar und mir weiß noch niemand, daß Sie der Vater des Kindes sind.»

Ich versuchte mir nicht anmerken zu lassen, wie schokkiert ich über ihr leichtsinniges Gerede war – ich nahm einen vorsichtigen Schluck – das Zeug war giftgrün und schien nach irgendeiner tropischen Frucht zu schmecken – und starrte hingerissen auf ihren Mund, denn während sie sich neben mich in die hinterste Reihe setzte, begann sie eine klebrige erdbeerfarbene Süßigkeit aus der Tüte in ihrer Hand zu essen – das Spiel ihrer rosafarbenen Zunge!

Sie umschlang ein Stück erdbeerfarbiges Etwas. Sie verzehrte die ganze Tüte von dem süßen Zeug, und danach auch noch die Reste, die sie mit ihren spitzen, muschelfarben lackierten Fingernägeln aufpickte und sich mit zurückgelegtem Kopf und herausgestreckter rosa Zunge einverleibte.

Plötzlich schienen auch die Decke und die Wände des Saales dieselbe erotische rosa Färbung wie ihre Zunge anzunehmen. Vielleicht litt ich ja seit unserer ersten Begegnung an Zungenfetischismus, falls es so etwas im Reich der sexuellen Verirrungen überhaupt gibt?

Und einen Augenblick später, während ich irritiert an meinen Hosenbeinen hinunterblickte, hörte ich meine eigene Stimme wie die eines Fremden irgend etwas sagen, das ich nicht verstand. Gleich darauf wurde mir bewußt, daß ich mich von meinem Platz erhoben hatte.

«Ist Ihnen nicht gut, Paul?» fragte Charlotte. Sie legte mir besorgt ihre Hand auf die Schulter. «Setzen Sie sich um Gottes willen wieder hin – wir werden beobachtet.»

«Ich glaube, ich bin momentan etwas zerstreut...»

«Sie sagten: ‹Ohne das Goldgebiß ist Brookmanns Leiche keinen Pfifferling Wert. Und was den fehlenden Schneidezahn anbelangt...›»

«Tatsächlich?»

«Wenn Ihr Kind auch solche Blackouts hat, wird's wohl mit seinen geistigen Fähigkeiten nicht weit her sein», erklärte sie lauter, als es nötig gewesen wäre. «Und Dagmar, diese verrückte Nudel, glaubt wahrhaftig, Sie brächten das passende Genmaterial mit...»

Ich verbiß mir eine Antwort darauf, weil alle Augen an meinen Lippen hingen. Aber als Klein zum Podium ging, um seine Begrüßungsansprache zu halten, gab ich Charlotte ein Zeichen, mir unauffällig nach draußen zu folgen.

«Was fällt Ihnen ein, mich in solche Schwierigkeiten zu bringen», sagte ich und versuchte möglichst wütend dreinzublicken.

«Sind Sie denn nicht auch der Meinung, daß wir endlich ehrlicher zueinander sein sollten?»

«Ich erinnere mich noch gut an Ihre Worte während Ihres ersten Besuchs. Sie sagten: ‹Dagmar ist ein wenig schlampig, sie treibt's mit mindestens drei Kerlen in der Woche. Sie will von ihren Freiern ein Kind, und wir unterstützen sie darin – ein hübsches kleines Kind mit Teufelskrallen und Hörnern, so blondgelockt wie Jesus Christus, dieser Scharlatan und Verführer.› Wenn sie es wirklich mit so vielen Kerlen treibt, woher will sie dann eigentlich wissen, daß ich der Vater des Kindes bin?»

«Ach ja, die *Pontechelly-Pralinen*.»

«Denken Sie denn immer nur ans Essen, Charlotte?»

«Es macht mich nervös, wenn Sie mich so dabei anstarren.»

«Ich glaube, ich bin ein wenig verliebt in Sie.»

«In mich? Oder in die Art, wie ich esse?»

«Was haben Sie eben damit gemeint, Charlotte: ‹Und Sie werden der Vater des ersten wahren Rationalisten auf Erden sein›?»

«Oh... habe ich das gesagt?»

«Sie müssen sich doch noch an Ihre eigenen Worte erinnern.»

«Nein, ich...»

«Es gibt überhaupt keinen Grund, daraus ein Geheimnis zu machen, Tanja», sagte Lutz' Stimme hinter uns. Er trug ein dickes Buch unter dem Arm und sah mit seiner kreisrunden Stahlbrille aus wie ein auf Zwergengröße geschrumpfter Professor. «Dagmars Kind wird alles sein, was wir wegen unserer unzulänglichen intellektuellen Ausstattung jetzt noch nicht sein können: ein Mensch, der vollkommen *rational* handelt. Den keine fadenscheinige Ideologie oder Rhetorik, geschweige denn irgendeine überholte Art der Metaphysik oder Religion vom klaren Weg der Vernunft abbringen kann.»

«Wie die Schittecks?» fragte ich.

«Die Schittecks sind leider erst auf dem Wege, sich von den Vorurteilen der Vergangenheit zu befreien.»

«Und das Magische Dreieck im See? Ist das ein Zeichen von Aufgeklärtheit?»

«Es war die Idee meiner Mutter. Sie wissen ja aus eigener schmerzlicher Erfahrung als Lehrer, wie schwer es ist, die Menschen dazu zu bringen, sich vollkommen rational zu verhalten.»

«Der erste wahre Rationalist auf Erden, daß ich nicht lache – und ausgerechnet mein Sohn. Wer ist eigentlich auf diese Schnapsidee gekommen?»

«Bitte, Paul – Sie wollen doch nicht, daß die anderen

von Ihrer Vaterschaft erfahren?» Charlotte küßte mich sanft auf die Wange und zog mich in den Saal zurück.

«Was halten Sie davon, heute abend mit mir essen zu gehen?» fragte ich.

«Sie wollen mir nur dabei zusehen, hab ich recht?»

«Und wenn es so wäre? Das ist schließlich kein Verbrechen.»

«Ich weiß nicht...» Sie zuckte unschlüssig die Achseln. «Eigentlich finde ich Sie ja ganz amüsant, Paul. Obwohl Ihr Kopf für meinen Geschmack etwas zu groß ist. Aber wenn ich mir überlege, daß Sie mit meiner Schwester, dieser verlogenen Schlampe, eine ganze Nacht im Bahnhofshotel verbracht haben...»

«Daran erinnere ich mich ehrlich gesagt gar nicht mehr. Es war alles wie ein böser Traum.»

«Dafür erinnert sich Dagmar um so besser.»

«Ich glaube nicht, daß das Kind von mir ist – vorbeidonnernde Züge auf Bahnhöfen machen mich immer nervös.»

«Wollen Sie damit etwa sagen, daß Sie einer dieser armseligen impotenten Eierköpfe sind, die zwar denken, aber keine Kinder zeugen können?»

«Um Gottes willen, reden Sie bitte leiser. Ich habe nur erwähnt, daß Bahnhofshotels mich manchmal aus dem Takt bringen. Und an dem Abend war ich wohl in keiner besonders guten Verfassung.»

«Also, *haben* Sie nun mit Dagmar oder nicht?» erkundigte sie sich empört und stemmte ihre Hände in die Hüften. «Wenn Sie nicht einmal zu Ihren kleinen Sünden und Seitensprüngen stehen, Paul, wie sollte dann jemals etwas aus uns beiden werden können?»

«Sagten Sie nicht selbst, Sie suchten jemanden mit festem Bauch und praller Brieftasche? Dann bin ich genau der Richtige für Sie – *bitte*, Charlotte», sagte ich und griff nach ihrer Hand. «Sie würden mich zum glücklichsten Menschen der...»

«Also gut, ich werd's mir überlegen. Und nennen Sie mich nicht immer Charlotte.»

Als wir in den Saal zurückkehrten, verteidigte Schitteck senior gerade mit der erhobenen Stimme eines schlechten Bühnensoprans den Standpunkt, daß die Einleitung des Wassers aus dem Dr.-Clemens-Kleiber-Bach eindeutig durch Brookmanns testamentarische Verfügung legitimiert sei.

«Rechtlich abgesichert wäre die Einleitung des Kleiberbachs aber nur, wenn er Trinkwasserqualität besäße», widersprach Mohrman. «Sie und Ihre Familie wollen uns doch nicht weismachen, daß diese braune Brühe...»

«Einspruch», sagte Schitteck. «In unseren Breitengraden sind offene Gewässer schon wegen des Bodens und der Uferbepflanzung niemals klar. Ich bin jederzeit bereit, den Nachweis zu führen, daß das Wasser des Kleiberbachs trinkbar ist – ich und meine ganze Familie.»

«Was ist denn an den Gerüchten dran, aus dem Weiher ein Freibad mit künstlicher Sonnenbestrahlung und Freikörperkultur zu machen?» erkundigte sich Xaveria.

«Ich denke, diese Frage sollte im Interesse aller geregelt werden.»

«‹Interesse aller› heißt nicht über unsere Köpfe hinweg?»

Charlotte stieß mir ihren Ellenbogen in die Rippen. «Nun sagen Sie als Experte für Ökologie doch auch mal was, Paul. Oder machen Sie schon wieder schlapp?»

«Oh, ich glaube, ich bin nicht sehr gut bei solchen Diskussionen.»

«Ja, bitte, Paul», sagte Xaveria, die zwei Reihen vor uns

saß, und wandte sich ungeduldig nach mir um. Ich registrierte überrascht, daß sie weniger schwerhörig war, als ich geglaubt hatte. Vielleicht funktionierte ihr Gehör ja auch nur selektiv wie das jedes guten Egoisten, dem ein lärmendes Freibad zuwider war.

«Ihre Frau hatte gerade die Frage gestellt, ob es ratsam sei, aus dem Weiher ein Freibad mit künstlicher Sonnenbestrahlung und Freikörperkultur zu machen», sagte Lutz.

«Großer Gott, Sie sehen ja ganz grün im Gesicht aus, Paul», sagte Charlotte. «Was ist los mit Ihnen?»

«Anscheinend vertrage ich Ihren Begrüßungscocktail nicht.»

«Kommen Sie, Paul – ich darf Sie doch Paul nennen?» erkundigte sich Lutz. «Trinken Sie unten in der Küche erst einmal einen starken Kaffee mit mir. Das wird Sie wieder auf die Beine bringen.»

«Ja, trinken Sie mit ihm Kaffee», bekräftigte Charlotte. «Sein Kaffee ist göttlich. Er trinkt täglich bis zu zwanzig Tassen davon.»

«Na, sagen wir mal, es ist ein ganz gewöhnlicher kolumbianischer Hochlandkaffee. Auf die Zubereitung kommt es an – kein Filter, keine Maschine.»

Er brachte mich – fast hätte ich gesagt, untergehakt, obwohl das schon wegen der Größe eines Zwölfjährigen unmöglich ist – ein Stockwerk tiefer in die Küche. Mir war in der abgestandenen Luft des Vortragssaals plötzlich schwindelig geworden, aber als ich auf dem Stuhl am Fenster saß und ihm beim Aufbrühen des Kaffees zusehen konnte, wurde mir zusehends besser.

«Sie sind wohl doch ein ziemlich dünnhäutiger Intellektueller, Paul», fragte Lutz lächelnd, als habe er meine Gedanken erraten. «Oder ist es Ihre Liaison mit Tanja?»

«Beginnende Liaison», sagte ich. «Höchstens beginnende. Ich bin nicht ganz sicher, ob daraus noch etwas wird.»

«Tanja ist ein sehr ungewöhnliches Geschöpf.»

«Ja, kann man wohl sagen.»

«Wenn Sie wollen, werde ich bei ihr ein gutes Wort für Sie einlegen.»

«Und du glaubst, sie würde auf dich hören?»

«Tanja nimmt meine Ratschläge immer sehr ernst», sagte er ohne irgendeine Spur von Selbstgefälligkeit.

«Genauso wie der Rest deiner Familie?»

«Wir haben eben aus den Fehlern der Vergangenheit gelernt.»

«Anders gesagt – nachdem ihr schon so oft vertrieben worden seid, habt ihr jetzt mit deiner Hilfe endlich die richtige Methode gefunden, um auf anderer Leute Kosten ein bequemes Leben zu führen?»

«Darf ich fragen, wie Sie auf diese sonderbare Idee kommen, Paul?»

«Sagt dir der Name Doktor Gans etwas?»

«Nein, nie gehört.»

«Gans war Assistenzarzt in einer Stadt im Norden und erinnert sich noch gut an eine Familie rumänischer oder provenzalischer Herkunft mit dem Namen Schitteck, die damals von Stadt zu Stadt zog. Sie graste das Terrain ab, und eines Morgens war sie wieder verschwunden. Als sie abzog, gründeten einige Familienväter und Junggesellen eine ‹Interessengemeinschaft Schitteckgeschädigter›. Es gab zwölf Ehescheidungen und drei Selbstmordversuche.»

«Das dürfte lange vor meiner Zeit gewesen sein. Wahrscheinlich handelte es sich um eine andere Familie gleichen Namens. Außerdem sind wir weder rumänischer noch französischer Abstammung. Wollen Sie mit dieser diffamierenden Umschreibung vielleicht andeuten, wir hätten Zigeunerblut in den Adern?»

«Gut, reden wir nicht mehr von eurer Abstammung. Ich finde, Zigeuner sollten das gleiche Recht auf Integration haben wie jeder andere. Aber bist du nicht trotz deines erstaunlichen Alters schon so etwas wie der Chefideologe der Schittecks?»

«Wenn Sie damit sagen wollen, daß bei uns eine strenge Aufgabenteilung herrscht, dann haben Sie durchaus recht. Ich bin dank meiner besonderen intellektuellen Begabung dazu ausersehen worden, die geistigen Angelegenheiten der Familie zu regeln.»

Ich nahm einen Schluck Kaffee und sah aus dem Küchenfenster. Unten am Seeufer jagte Rottweiler Schitteck Xaverias Mutter. Wahrscheinlich hatte sie es ohne uns nicht mehr im Haus ausgehalten.

14 Als wir in den Saal zurückkehrten, verlagerte sich die Diskussion gerade auf die Frage, wer die Leiche im Fluß sei – mein geistesabwesender Kommentar über Brookmanns Goldgebiß!

Vielleicht enthielt der giftgrüne Begrüßungscocktail der Schittecks ja irgendein tropisches Wahrheitsserum (oder einen Stoff, auf den ich allergischer als andere reagierte). Denn ungefähr zu diesem Zeitpunkt begannen auch meine *Absencen*, Gedächtnisausfälle, Augenblicke der Geistesabwesenheit, Anfälle mit kurzen Bewußtseinstrübungen. Allerdings gab es noch zwei andere Erklärungen für meine Verwirrtheitszustände, die mir im nachhinein genauso plausibel erscheinen: meine Liebe zu Charlotte (und unsere kleinen Exzesse mit *Crack*, bei denen ich mich schnell als ihr gelehriger Schüler erwies) und die – wenn auch anfangs nur intuitive – Gewißheit, daß mit Schittecks zwölfjährigem Sohn ein intellektueller Gegner in mein Leben getreten war, der nach und nach die ohnehin schon wackligen Grundfesten meiner religiösen und weltanschaulichen Überzeugungen vollends zerstören würde.

Natürlich war Klein nicht so dumm oder leichtsinnig, offen seinen Verdacht gegen die Schittecks zu äußern. Aber als er merkte, daß es aussichtslos war, während der Sitzung auf einen Fehler von ihnen zu hoffen, ging er einfach zum Angriff über:

«Ich bezweifle, daß Brookmann wirklich tot ist. Dann hätte er nämlich das Wunder vollbracht, sich an zwei Orten gleichzeitig aufzuhalten.»

«An zwei Orten gleichzeitig?» fragte Schitteck senior. «Sie machen mich wirklich neugierig.»

«In der Leichenhalle und in BIO-ZWEI. Damit will ich sagen, daß die Leiche im Fluß unmöglich Brookmann sein kann, weil ich ihn gestern abend noch gesehen habe.»

«Sie haben Brookmann…? Und wo steckt er jetzt, wenn ich fragen darf?»

«Keine Ahnung. Er stand auf einem Hügel oberhalb der kleinen Grotte. Er trug den alten braunen Anzug aus dem Zweiten Weltkrieg, den wir alle kennen. Als ich ihm zuwinkte und auf ihn zuging, verschwand er in einem der kleinen Höhleneingänge zum Grottenlabyrinth.»

Ich glaube, wir anderen waren nicht weniger überrascht über diese Eröffnung als Schitteck senior. Klein hatte während unserer Besprechung nicht das geringste von seiner Entdeckung erwähnt – von seiner «angeblichen Entdeckung» sollte ich besser sagen, denn mir wurde schnell klar, daß es sich nur um ein mehr oder minder geschicktes Manöver handelte, die Schittecks aus der Reserve zu locken.

Seine blumige Schilderung, wie Brookmann, die Augen mit der Hand beschattend, vom Hügelkamm aus in seinem abgetragenen alten Anzug den Sonnenuntergang bewundert hatte, geriet ihm immer mehr zur Posse. Er bemerkte nicht einmal, daß ihm dabei sein Hemd aus der Hose hing. Nach meiner Erinnerung war der Himmel an diesem Abend bedeckt gewesen.

«Und *warum*», fragte Schitteck senior, «sollte Brookmann sich plötzlich vor uns verstecken wollen? Vielleicht, weil man ihm sein Gebiß weggenommen hat?» Dabei blickte er beifallheischend in die Runde.

«Es wirft jedenfalls neues Licht auf die Besitzverhältnisse», sagte Klein. «Und natürlich auch auf Ihre illegale Einleitung des Dr.-Clemens-Kleiber-Bachs.»

Nach meinem Gefühl ging er etwas zu weit. Brookmanns angebliche Abwanderung in den Untergrund von BIO-ZWEI konnte sich leicht als Luftblase entpuppen. Andererseits würde es möglicherweise die polizeilichen Ermittlungen in Gang bringen und unsere ein wenig in Bedrängnis geratene Umweltidylle wenigstens halbwegs über die Runden retten.

«Ich glaube, ich verstehe, worauf Ihre Andeutungen abzielen», sagte Schitteck senior. «Sie sind gegen unseren Plan, aus dem Gelände ein Freizeitzentrum zu machen. Und deshalb versuchen sie uns als rechtmäßige Erben und Nachfolger Brookmanns bei der Polizei in Mißkredit zu bringen.»

Er hätte den Sinn von Kleins taktischem Manöver kaum präziser formulieren können. Aber die Wahrheit ist nun einmal wenig dazu geeignet, ein Gespräch zu Ende zu bringen, bei dem es eigentlich um Konfrontation und Sieg oder Niederlage geht.

Als wir uns endlich darauf geeinigt hatten, die Sitzung ohne Ergebnis zu vertagen, war der Abend heraufgezogen – ein Abend wie aus dem Bilderbuch des ökologischen Weltuntergangs. Aus den beiden Kaminen der Kleiber-Chemie stiegen gewaltige weiße Wolkenberge in den roten Abendhimmel auf, und weiter hinten, neben der Raffinerie mit ihren Gas abflammenden Schloten und noch jenseits der gewaltigen Rohre, die auf Betonpfeilern über den Hohlweg und das Gelände von BIO-ZWEI zur Entsorgungsstation führten, versprühten die beiden Kühltürme soviel Dunst, daß die Umrisse der darunterliegenden Gebäude nur noch wie durch dichten Smog oder Nebel zu erkennen waren.

«Ihre Debatte eben», bemerkte Lutz in seiner unnachahmlich altklugen Art, als wir gemeinsam noch ein Stück den Weiher umrundeten, «beweist wieder einmal das tiefgreifende Interesse des Menschen am Negativen.»

Rottweiler Schitteck kam uns aus einem Gesträuch entgegen. Er trug einen Fetzen Stoff im sabbernden Maul, der mich verdächtig an das blaue Kostüm von Xaverias Mutter erinnerte.

«Anstatt die positiven Möglichkeiten zu sehen, die ein Freibad bietet», fuhr Lutz fort, «halten wir uns lieber mit düsteren Spekulationen auf. Sie glauben wahrscheinlich wie jeder humanistisch gebildete Philosoph, Paul, wonach wir strebten, sei immer und ausschließlich das Positive, das Glück. Alle unsere Motivationen würden von Wertungen bestimmt, die auf positiven Gefühlen beruhen. Aber wie ist dann das tiefgreifende Interesse des Menschen an Abenteuern, Konflikten und Katastrophen aller Art zu verstehen? Die Holzwege des menschlichen Daseins – beispielsweise jetzt der tatsächliche oder bloß vermeintliche Selbstmord Brookmanns – üben eine unwiderstehliche Anziehung auf uns aus. Und diese Faszination erklärt sich nicht etwa nur aus purer Sensationslust oder sogar Schadenfreude. Es handelt sich um ein natürliches Interesse. Es ist unsere *Natur*, unsere Bewußtseinsverfassung. Wir sind so konstruiert, dem Negativen den gebührenden Platz einzuräumen. Das ist Realismus angesichts einer Welt, in der Gott, wenn er denn doch noch existiert, nur improvisiert haben kann. Es ist ein improvisiertes Universum …»

«Damit degradierst du den Menschen aber zu einer ziemlich lächerlichen Erfindung, oder? Ich war immer der Meinung, es gehe uns ausschließlich um die positiven Dinge im Leben?»

«Von ein paar psychopathischen Destruktiven einmal abgesehen, wollen Sie sagen?» Er schüttelte überzeugt sein junges Denkerhaupt. «Wenn ein Schiff im Rhein versinkt, dann stehen unzählige Neugierige auf dem Uferdamm, um zuzusehen. Wir müßten sie alle zu Psychopathen erklären. Nein, es wäre sicher kein Menschenbild, das einer genaueren Nachprüfung standhalten würde. Da halte ich es schon eher mit unseren philosophischen Klassikern: *Hat ein Gott die Welt geschaffen, so schuf er den Menschen zum Affen Gottes als fortwährenden Anlaß zu Erheiterung in seinen allzu langen Ewigkeiten.*»

15 Die Begehung von BIO-ZWEI am Sonntag geriet mir, ohne daß ich selbst mehr als meine – möglichst unsichtbar bleibende – Anwesenheit dazu beigesteuert hätte, zum Zwischenspiel *furioso*, denn Wanda tauchte, kaum daß meine drei Schulklassen am Ende des Hohlwegs zu BIO-ZWEI Aufstellung bezogen hatten, in einem feuerroten Kostüm Marke erste Hälfte der fünfziger Jahre auf und schien sich jedem in den Weg werfen zu wollen, der auch nur die Spur eines kommunikativen Lächelns aufs Gesicht zauberte. Sie war allein. Ich befand mich (nach ihrer leider nicht mehr allzu lange andauernden Überzeugung) im Flugzeug Richtung Kamerun.

Ich dirigierte zwei meiner drei Klassen mit Hilfe Xaverias und meines Primus Kurt Schitteck alias Kurt Lobmann (wir hatten uns stillschweigend darauf geeinigt, seinen alten Namen beizubehalten und die Szene am Badesee zu vergessen) wie Cäsar seine Legionen nach vorn an die Kampffront, und diese Front war immer dort, wo sich Wanda befand. Die dritte Legion benötigte ich, um darin unterzutauchen. Ihre Leiber bildeten dank ihrer Körpergröße für ihren armen alten Lehrer sozusagen einen natürlichen Schutzwall, weil es sich ausschließlich um Abiturienten handelte.

Jemand fragte mich, wo die Wahrscheinlichkeit wohl am größten sei, den schwarzgrau melierten Kohlenfrosch zu beobachten, und ich zeigte ihm eine bemooste Felsspalte zwischen den Hügeln oberhalb der verkrüppelten Birken, wo ich eben noch zwei Exemplare bei der Begattung beobachtet hätte.

«Was denn, Sie haben beobachtet, wie diese Biester kopulieren?» fragte er ungläubig.

«Natürlich, oder dachten Sie, der schwarzgrau melierte Kohlenfrosch vermehre sich wie die Jungfrau Maria?»

Es war schon ein erhebender Anblick, all die braven, um ihre Umwelt bemühten Bürger im Sonntagsaufzug wie beim Kirchgang über die feuchten Wege von BIO-ZWEI wandeln zu sehen, rechts und links von kopfhohem Unkraut begleitet, aus dem manchmal winzige Rauchfahnen oder in der Biologie bisher noch unbekannte Mutationen unserer heimischen Insekten aufstiegen. Keiner von ihnen hätte sich freiwillig auch nur in die Nähe einer aufgeforsteten Müllhalde wie BIO-ZWEI gewagt. Aber da die Begehung unter der Schirmherrschaft des Ministeriums, der örtlichen Gesamtschule und der Stadtsparkasse stattfand, verwandelten sich Brennesseln, Malven, Knöterich und Gänsefuß auch ohne Nachweis ihrer Nützlichkeit sofort in wertvolle Kulturpflanzen.

An der «großen Froschgrotte» war vom Lehrerkollegium auf eigene Kosten ein Andenkenstand aus ungehobelten Fichtenbrettern errichtet worden. Dort gab es Farbdrucke der Fauna und Flora und getrocknete Pflanzen, die vom Hausmeister unserer Schule mit einer Folienpresse in kleine Kunstwerke verwandelt wurden. Die Attraktion aber, obwohl noch niemand auch nur ein einziges Exemplar davon zu Gesicht bekommen hatte, war der schwarzgrau melierte Kohlenfrosch – als lebender Beweis dafür, daß sich aus dem gewöhnlichen gelbbraunen Grasfrosch, der früher in den Feuchtbiotopen der Teiche und Bäche gelebt und dann durch die Industrialisierung fast ausgerottet worden war, neue Lebensformen entwickeln konnten.

Ich habe mich oft gefragt, ob mein Schulversuch im Unterrichtsfach Ökologie ohne die Existenz dieses Wesens – fast hätte ich gesagt «Fabelwesens» – jemals bis zur Finanzierung eines so aufwendigen Projekts wie BIO-ZWEI gediehen wäre. Der schwarzgrau melierte Kohlenfrosch war für die Landesregierung im Haushaltsplan eine so markante Größe, daß er selbst drei Anfragen der Opposition überstanden hatte.

Als die ersten Besucher sich dem tiefsten Punkt der Froschgrotte näherten, an dem sich ein unterirdischer See gebildet hatte, gelang es mir, Charlotte in einem unbeobachteten Augenblick zu einem Versteck unter der überragenden Felswand zu dirigieren, wo ich meine Gummistiefel und Regenkleidung aufbewahrte. Ich schob sie in den Felsspalt, der sich weiter hinten zu einem Bretterverschlag erweiterte, und versuchte sie – in meiner zugegeben manchmal etwas ungestümen Art – auf die Wange zu küssen.

«Bitte lassen Sie das, Paul», sagte sie und wischte angeekelt die feuchten Spuren meines Annäherungsversuchs ab.

«Warum haben Sie mich gestern versetzt, Charlotte? Sie sagten doch, Sie würden mit mir essen gehen.»

«Ich wollte darüber *nachdenken* – das war alles.»

«Wenn Sie wollen, holen wir es heute abend nach?»

«Also gut, aber nur wenn ich bestimmen darf, in welches Lokal wir gehen.»

«Einverstanden.»

«Und versprechen Sie sich nicht zuviel davon, Paul. Ich frage mich immer noch, ob ich jemals einen Mann lieben könnte, der meiner Schwester ein Kind gemacht hat.»

«Also bitte, Charlotte – ich kann diese böswillige Unterstellung nicht mehr ertragen.»

Im selben Augenblick hörten wir, wie jemand knarrend den Bretterverschlag öffnete, in dem sich meine Geräte für BIO-ZWEI befanden. Es war wie in einem schlechten Kriminalfilm. Die Tür stand ein Stück weit offen, und lange Zeit rührte sich nichts im Dunkel des Verschlags. Dann schob sich zögernd ein Frauenbein durch den Türspalt.

Die Wade Marlene Dietrichs, wurde mir schlagartig klar – Xaverias Mutter.

«Gut, daß du da bist, Paul. Dieses Untier hat wieder versucht, mich umzubringen!»

Lilo sah etwas ramponiert aus.

Anscheinend hatte sie auf der Flucht vor Rottweiler Schitteck Bekanntschaft mit allen möglichen Tümpeln und bemoosten Felswänden gemacht. Jemand, der in den Grotten sein Leben zubrachte, hätte kaum weniger schmuddelig aussehen können. Ich versuchte vergeblich in ihrem Gesicht zu lesen, ob sie mein Gespräch mit Charlotte belauscht hatte.

«Welches Untier?» erkundigte sich Charlotte.

«Rottweiler Schitteck», sagte ich. «Dein Vater sollte wirklich besser auf das Tier aufpassen.»

«Doch nicht etwa unser Schitteck? – Nein, Schitteck ist ein so herzensgutes Hundchen. Er könnte niemandem etwas zuleide tun.»

«Wer denn sonst?» fragte Lilo ärgerlich. «Sehen Sie sich bloß meine Perlonstrümpfe an. Ihr Hund hat mir gestern am See das Kostüm zerfetzt.»

«Vielleicht war es ja der schwarzgrau melierte Kohlenfrosch», sagte Charlotte. «Nicht wahr, Paul? Das Tier soll größer als ein Hund sein.»

«Ehrlich gesagt, glaube ich an dieses Viech genausowenig wie an Pauls andere Hirngespinste. Oder hat vielleicht schon mal jemand einen dieser obskuren Frösche in natura gesehen?» fragte Lilo und warf mir einen verächtlichen Blick zu. «Das ist doch auch nur wieder einer seiner Tricks , um seine Schäfchen bei der Stange zu halten.«

«Welche Schäfchen denn?» erkundigte sich Charlotte.

«Na, die Dummen im Stadtrat und in der Landesregierung, die ihm seinen Spleen finanzieren.»

«Im Ernst, Paul? Sie haben diesen Frosch bloß erfunden, um mit dem Umweltschutz Reibach zu machen? Also das finde ich wirklich großartig – Kompliment!» Dabei schlang sie ihre dünnen weißen Ärmchen um meinen Hals und versetzte mir einen schmatzenden Kuß auf die Augenbraue.

«Unsinn, ich...»

«Dieser Mann», sagte Lilo, «hat das Leben meiner Tochter auf dem Gewissen. Er lebt in einer Welt der Lügen und predigt seinen Schülern, die Seele sei unsterblich. Dabei kann ihm jeder halbwegs begabte Medizinstudent mit ein paar im Gehirn eingepflanzten Elektroden beweisen, daß das Bewußtsein elektrisch arbeitet.»

«Soweit ich mich erinnere, hat sich Xaveria nie etwas aus meinen Überzeugungen gemacht.»

«Aber ohne dich säße sie auch nicht in dieser scheußlichen Siedlung und müßte sich von eingelegten grünen Paprikaschoten ernähren. Und bestehen eure Bungalows etwa nicht aus Sägemehl und Knochenleim?»

«Das sind biologisch wertvolle Materialien. Unsere Baustoffe wurden am Institut für Ökologie entwickelt.»

«Da hören Sie es selbst», sagte Lilo. «Mein Schwiegersohn bewegt sich geistig auf dem Niveau eines idealistischen Pennälers. Wenn es nach ihm ginge, gäbe es keinen Stahlbeton, keine Filetsteaks und keine Erdölraffinerien.»

«Sind Sie wirklich so ein Umweltguru, wie Ihre Schwiegermutter behauptet, Paul?» erkundigte sich Charlotte lachend. «Vielleicht sollte ich Sie mal eine Zeitlang unter meine Fittiche nehmen und Ihnen eine Lektion in Realismus erteilen?»

«Unter Ihren Fittichen würde ich sogar zum Fleischfresser», flüsterte ich ihr zu.

Als wir uns am unterirdischen See versammelten, um der Ansprache des Bürgermeisters beizuwohnen, arbeitete Wanda sich bedrohlich nahe an mich heran. Sie warf einen geistesabwesenden Blick durch Charlotte hindurch, rannte, wie es ihre Art war, fast meine ohnehin schon klapprige Xaveria um, und bemächtigte sich dann des Mikrophons aus der Hand des Bürgermeisters, um den «verehrten Anwesenden und eingeschriebenen Lesern der städtischen Bibliothek» mitzuteilen, daß alle Mitarbeiter sich darin einig seien, in Zukunft keine Bücher mehr aus gebleichtem Papier in den Bestand aufzunehmen.

Der Referent des Bürgermeisters entwand Wanda mit gequältem Lächeln und hingehauchtem «Dankeschön» das Mikrophon, gab es seinem rechtmäßigen Inhaber zurück, und das war der Augenblick, dem ich den ganzen Tag entgegengefiebert hatte. Denn der Bürgermeister wandte sich sofort *mir* zu – als dem eigentlichen Ziel seiner Ansprache. Aus seinen Nasenlöchern sprossen Haarbüschel. Ich versuchte in den Boden zu versinken. Ich versuchte mit aller Konzentration dieses schnöde Etwas aus Fleisch und Knochen in Luft aufzulösen. Ich versuchte mein eigener Doppelgänger zu werden.

Nichts geschah. Nichts bewies eindrucksvoller die Machtlosigkeit der Seele über den Körper. Alle Blicke ruhten auf mir. Aber es gab nur einen einzigen Blick in der Menge, der mir gefährlich werden konnte…

«…Ökosystem ist eine aus Lebensgemeinschaft, das heißt Biozönose, und deren Lebensraum, also dem Biotop, bestehende natürliche Einheit, die ein mehr oder weniger gleichbleibendes System bildet, das durch die Wechselwirkungen zwischen Organismen und Umweltfaktoren gekennzeichnet ist», hörte ich seine Stimme wie durch einen Dunstvorhang sagen. «Und wem haben wir diese erstaunliche Entwicklung eines von Schadstoffen ruinierten Geländes zu verdanken, das inzwischen überall in Europa, ja in der ganzen Welt als vorbildlich angesehen wird? Es ist Paul Grob...»

Rauschender Beifall.

Jemand erwiderte etwas, das ich nicht verstand. Es schien von oben zu kommen und klang, als senke sich eine nicht genau lokalisierbare Stimme auf die Anwesenden herab, die Ton gewordene Verkörperung meines schlechten Gewissens oder dessen, was ich dachte. Als seien meine Gedanken plötzlich hörbar geworden...

Der See, die gespannten Gesichter, die ganze Grotte wirkten so ungewohnt, ja verfremdet auf mich, daß ich mich wie der Besucher von einem anderen Stern fühlte, der auf die Erde gekommen war und nun – wider Erwarten in den Mittelpunkt der Aufmerksamkeit geraten – seine Rolle möglichst glaubwürdig zu Ende spielen mußte.

«Doktor Grob», hörte ich die Stimme des Bürgermeisters sagen. «Jetzt sind Sie an der Reihe!»

«Reiß dich doch zusammen, Paul», flüsterte Xaveria hinter mir und schob mich entschlossen die Treppe zur Tribüne hinauf. «Deine Mikrophonangst ist wirklich lächerlich.»

Aber, Gott stehe mir bei, es war gar keine Mikrophonangst. Ich nahm das Mikrophon, bedankte mich artig für die erwiesene Ehre, sagte einige Worte zur Entstehung von BIO-ZWEI und beobachtete voller Beklemmung, wie Wanda sich einem Elefanten gleich durch die Menge zu mir vorarbeitete. Wahrhaftig, ich sah ihrem Gesicht an, daß sie mich erkannt hatte. Kein Zweifel, eine liebende Frau läßt sich nicht einmal von eineiigen Zwillingen ins Bockshorn jagen.

«Daniel!»

Ich versuchte genauso freundlich, aber unverbindlich durch sie hindurchzublicken wie der amerikanische Präsident im Wahlkampf. Ich nickte der Menge zu, hob meine linke Hand, während ich die Rechte mit dem Mikrophon als Sichtbarriere zwischen mich und Wanda hielt, und schwor uns alle ein auf eine Umwelt, die wieder lebenswert war, ohne radioaktive Strahlung, ohne Smog und zerstörte Ozonschicht, mit sauberem Wasser und reiner Luft...

Wanda umfaßte mein linkes Fußgelenk. Ihre spiegelnden Brillengläser, diese riesigen Okulare eines Labormikroskops, schienen mich bis auf den Grund des letzten Moleküls zu sezieren. Ich beugte mich vom Podium hinunter und legte ihr beruhigend meine Hand auf die Schulter, als sei sie ein hysterisch gewordener Fan.

«Sag mal... ich kann mich doch nicht so täuschen? Bin ich jetzt vollkommen durchgedreht, oder ist das wirklich mein kleiner Reifenhändler Daniel aus Kamerun?»

Xaveria und Charlotte standen unter mir an der Treppe, und auch Lilo war in ihrem geflickten blauen Kostüm nur drei Schritte entfernt und warf mir so mißbilligende Blicke zu, als sei ich persönlich für Rottweiler Schittecks Jagd auf sie verantwortlich. Ich konnte Wanda unmöglich erklären, warum ich ihrem dubiosen Reifenhändler ähnlich sah.

Und bei alledem ahnte ich, daß dieser Augenblick mein Schicksal entschied – daß es diese drei Frauen waren, die darüber bestimmen würden. Es sind immer Frauen, die unser Leben in bestimmte Bahnen lenken. Nichts hätte später eindrucksvoller belegen können, wie sehr wir ihnen von der Wiege bis zum Bahre ausgeliefert sind.

Verhindere das, Paul, riet mir eine Stimme von oben. *Laß es nicht so weit kommen…*

«Aber wie?» erkundigte ich mich ins Mikrophon und sah fragend in die Menge.

Der Bürgermeister nahm mir dankbar lächelnd das Mikrophon aus der Hand und fuhr an meiner Stelle fort: «Natürlich durch das Bekenntnis zum Umweltschutz, durch den Einsatz aller, durch die *Tat…*»

Durch die Tat. Hätte er geahnt, wie prophetisch seine Worte waren – ich glaube, die Antwort wäre ihm im Mund zu Blut oder Super-Plus geronnen.

Als ich endlich wieder in der Menge stand, reichten Schulkinder und Bürger mir dankbar die Hände. Ich war das Vorbild, der Prophet einer neuen, besseren Zeit. Paul Grob, der in einem Haus aus Sägemehl und Knochenleim lebte und die Bestimmung seines Lebens darin sah, aus einer ehemaligen Giftmülldeponie gesunden Lebensraum zu schaffen.

Jemand erkundigte sich, ob ich ihm ein Pärchen schwarzgrau melierter Kohlenfrösche zur Züchtung überlassen könnte. «Kein Problem», gab ich zurück und versuchte möglichst viele Besucher zwischen mich und Wanda zu bringen.

Es gelang mir, ungesehen in jenen Teil der großen Froschgrotte zu entkommen, der durch Seile und Schilder für die Besichtigung gesperrt ist. Herabfallende Steinbrokken und Risse in der Felsdecke, durch die undefinierbare, ölig schillernde Flüssigkeiten sickerten, hatten die Behörden schon vor langer Zeit veranlaßt, diesen Bereich zur Gefahrenzone zu erklären.

Ich hörte, wie mich Wanda über das Mikrophon ausrufen ließ. Daniel oder Paul, oder welchen Namen ich verdammter Hochstapler auch immer angenommen hätte, und wie viele antiquarisch wertvolle Bücher in wie vielen Bibliotheken ich schon unter welchem Namen ergaunert hatte – so oder ähnlich mußten die Gedanken in ihrem von platonischer Liebe verwirrten Kopf einander jagen. Aber als die letzten Besucher das Gelände verließen, war auch das Mikrophon verstummt, und ich wagte mich vorsichtig aus meinem Versteck, passierte die beiden zwischen den Felsvorsprüngen blinkenden Warnleuchten, die eigens für diesen Tag angebracht worden waren – und sah Wanda entgeistert ins Gesicht.

«Hab ich's doch geahnt, du verdammter Schuft, daß du dich vor mir versteckst.»

«Bitte? Darf ich fragen, wer Sie...»

«Daniel – versuch mich jetzt nicht länger hinters Licht zu führen.»

«Sie müssen sich irren. Mein Name ist Paul Grob.»

«Ich kenne jede Sommersprosse in deinem Gesicht. Mir kannst du nichts vormachen.»

«Also gut», sagte ich, «wenn Sie partout darauf bestehen, daß mein Name Daniel ist... ich kann Sie nicht daran hindern.» Während ich in einem so beruhigenden Tonfall sprach, als redete ich auf ein gefährliches Tier ein, um es in Schach zu halten, versuchte ich in den Hauptteil der Grotte zurückzukehren.

Aber Wanda hielt mich am Arm fest. Ich riß mich los und ging eilig den nur durch ein dünnes Seil gesicherten Weg am unterirdischen See entlang. Der Boden war feucht und steinig.

Wanda stampfte keuchend hinter mir her. Ich beschleunigte meine Schritte, was auf dem glatten Boden nicht ganz ungefährlich war.

«Daniel – wir können über alles reden!»

«Ach, geh doch zum Teufel...»

In diesem Augenblick erschien Rottweiler Schitteck auf dem Felsvorsprung über ihr, als fühle er sich durch meine Verwünschung angesprochen. Die schwarzbraune Masse seines Leibes, die stechenden dunklen Augen, die gebleckten weißen Reißzähne hätten auch einen Menschen mit stärkeren Nerven als Wanda von den Beinen gerissen.

Sie stieß einen Schrei aus, verharrte einen Augenblick auf einer Zehenspitze und mit ausgebreiteten Armen in der Luft, als habe sie die Schwerkraft besiegt – dann segelte sie wie ein zentnerschwerer Stein ins Wasser.

Ich knotete die Sicherheitsleine von den Stangen am Ufer, um sie ihr als Rettungsseil zuzuwerfen. Rottweiler Schitteck knurrte drohend, als ich Wanda aus dem Wasser zog. Ihre Haut hatte eine merkwürdige Färbung angenommen – irgend etwas zwischen rot- und blauschillernd, das sich schnell in einen Ausschlag verwandelte, der verblüffende Ähnlichkeit mit Scharlach besaß. Es konnte unmöglich an der Temperatur des Wassers liegen. Doch darüber machte ich mir in diesem Augenblick keine Gedanken.

Vielleicht rettete ihr an jenem Tage nur die Tatsache das Leben, daß Arbeiter vor dem Grotteneingang den Verkaufsstand abbauten. Wir luden Wanda auf einen Lastwagen, um sie ins Krankenhaus zu bringen.

16 Charlottes Versprechen («Also gut, aber nur wenn ich bestimmen darf, in welches Lokal wir gehen») entpuppte sich als typische kleine Schitteckfinte, denn ihr Lokal war ein Partykeller, den ihr Vater für seine Kinder in Brookmanns ehemaligem Archiv eingerichtet hatte. Völlerei und Vergnügen anstelle von Geist und Arbeit – was hätte besser verdeutlichen können, welche Gelüste die Schittecks umtrieben? Das Etablissement erinnerte mit seinen zahlreichen, von Fellen bedeckten Chaiselonguen an eine asiatische Opiumhöhle, und die niedrigen Tische waren, wie ich bald herausfand, mit allem bestückt, was man zur chemischen Bewußtseinsveränderung benötigte – von der simplen Haschischpfeife marokkanischer Bauart aus ziseliertem Neusilber bis zu Einweg-Spritzen und Schildpatt-Schnupfröhrchen für Kokain.

Als ich zum ersten Mal den Raum betrat, der bald zu meinem zweiten Zuhause werden sollte, lag Charlottes Mutter bewegungslos auf einer Liege neben der Küchendurchreiche, die Augen weit geöffnet, den Blick starr zur Decke gerichtet.

«Großer Gott – was ist passiert?» fragte ich. «Ist sie tot?»

«Nein, sie transzendiert nur.»

«Sie transzend…?»

«Ja, sie befindet sich auf der Ebene absoluter Glückseligkeit.»

«Du meinst, sie hat Drogen genommen?»

«Nein, über dieses Stadium ist sie längst hinaus. Sie braucht keine chemischen Hilfsmittel mehr. Elvira beherrscht die Kunst, sich durch bloße Gedankentechnik mit dem Ursprung des Seins zu vereinen – und dieser Ursprung ist reine Freude.»

Unsere Stimmen schienen Charlottes Mutter in die

harte Wirklichkeit zurückzuholen, denn plötzlich begannen ihre Augäpfel zu zucken. Sie richtete sich abrupt auf und sah mich auf einen Arm gestützt geistesabwesend an.

«Das ist mein Freund Paul, Mam.»

«Paul...?» Ihre Stimme klang, als halle sie aus einem Grabgewölbe wider.

«Unser Nachbar von gegenüber.»

«Sie sind Paul Grob?» fragte Elvira. Dabei hob sie den Schirm der Stehlampe, bis die Lampe grell mein Gesicht beleuchtete. Und nachdem sie mich einen Augenblick lang entsetzt gemustert hatte, ließ sie ihn wieder los und sank seufzend auf die Liege zurück.

«Ist etwas nicht in Ordnung?» erkundigte sich Charlotte.

«Ich werde mich später mit ihm beschäftigen. Soweit ich sehe, trägt er das Omen.»

«Mam ist nämlich ein begabtes Medium», flüsterte mir Charlotte zu.

«Welches Omen?» erkundigte ich mich.

«Sie liest irgend etwas in deinem Gesicht. Ein internes oder externes Omen, Mam? *Intern* würde bedeuten, daß du uns Unglück bringst, Paul.»

«Seine Ohren», sagte Elvira beinahe tonlos und verzog angewidert das Gesicht.

Charlotte musterte überrascht die Form meiner Ohrmuschel. «Ja, du hast recht, Mam.»

«Und was ist daran so bemerkenswert?» fragte ich.

«Zigeuner in der Provence haben uns prophezeit, ein Mann, dessen Ohren wie eine bestimmte Zone des Großhirns geformt seien, würde einmal unser Schicksal bestimmen.»

«Der Teil, der für den Intellekt zuständig ist», bestätigte Elvira.

«Man kann nämlich den Charakter eines Menschen an den Ohren ablesen. Das wurde durch vergleichende wissenschaftliche Studien bewiesen.»

«Ich werde mir später noch seine Hände ansehen», sagte Elvira. «Ich hoffe, daß die Hände uns genauere Auskunft über seine Absichten geben können.» Damit ließ sie sich wieder mit offenen Augen auf ihre Chaiselongue zurücksinken und verfiel in die gleiche Trance wie vor unserem Eintritt.

Schitteck senior schob die Küchenklappe hoch und gab uns ein Zeichen.

«Setzen wir uns zum Essen an den Tisch im Durchgang», schlug Charlotte vor. «Dann können wir den anderen beim Kartenspiel zusehen.»

«Spielen deine Brüder etwa um Geld? Diese Knirpse sind doch höchstens sieben oder acht Jahre alt.»

«Das ist amerikanischer Poker mit zweiundfünfzig Blatt. Ohne Geld würde es keinen Spaß machen. Außerdem lernen sie dabei, wie man seinen Kontrahenten austrickst.»

«Als Schule fürs Leben, willst du sagen?»

«Die Wildnis ist da draußen, nicht hier drinnen, Paul. Keiner hat deine Leute für verrückt erklärt, als sie im Zweiten Weltkrieg fünfzig Millionen Tote hinterlassen und ganz Europa in Schutt und Asche gelegt haben. Ein armer Irrer wird eingesperrt, weil er ein paar grüne Männchen gesehen hat. Aber wer sperrt die Politiker ein?»

Ich sah Charlotte überrascht an. Soviel ideologischen Bekennergeist hatte ich gar nicht bei ihr vermutet.

Schitteck senior schien ein begnadeter Koch zu sein. Sein Soufflé «Wien» hätte jedem Luxusrestaurant zur Ehre gereicht, und sein Gänsebraten verbreitete derart verführerischen Duft, daß ich zum ersten Mal seit Jahren meinen eisernen Vorsätzen untreu wurde.

«Ich muß schon sagen – dein Vater versteht es, einem den Vegetarier auszureden. Warum setzt er sich nicht zu uns?»

«Paps muß sich leider um die Küche kümmern. Aber später wird er noch ein Glas Wein mit uns trinken. Du bist doch kein Antialkoholiker, Paul?»

«Ich...? Nein, das heißt...»

«Ein abstinenter Freund wäre einfach undenkbar für mich.»

«Nein, da kann ich dich beruhigen.»

Diese harmlos scheinende Beteuerung stand am Anfang eines schleichenden Prozesses. Sie war sozusagen die Wendemarke, der Auftakt, das Signal zur inneren Wandlung. Jeder, der irgendwann eine radikale Änderung seiner Einstellungen und Gewohnheiten erfahren hat, wird bestätigen können, daß die entscheidenden Veränderungen oft ganz unmerklich begonnen haben.

Charlotte beim Essen zuzusehen wog den Tod jeder Gans und jedes Hasen auf. Und dabei lernte ich von ihr, daß es im Leben immer nur um die Frage gehen kann, ob wir dem Leiden in der Welt etwas Gleichwertiges entgegensetzen können, sei es durch lukullische Freuden oder irgendeine andere Form des Vergnügens. Wir schaffen den Schmerz nicht ab, indem wir ihn zu vermeiden trachten oder gegen ihn protestieren. Die einzige Rechtfertigung dieses mißratenen Universums ist der Genuß.

Oder getreu dem Wahlspruch von Lutz' verehrtem Lehrer, dem kleinwüchsigen italienischen Nationalökonomen, Pariser Salonphilosophen und Zynikers Ferdinando Galiani (1728–1787): «Genießen und möglichst wenig leiden – das ist unser Los!»

«Wenn du erst mal Crack probiert hast, Paul, wirst du ein anderer Mensch sein.»

«Aber ist Crack nicht ziemlich schädlich?»

«Es kommt auf die Methode an. Du mußt deine Drogen ständig wechseln, damit der Körper sich nicht an sie gewöhnen kann. Zwanzig verschiedene Drogen sind besser als drei. Dann liegt zwischen jeder Sitzung genügend Zeit für die Entgiftung deiner Zellen. Und nach dem Entzug fängst du wieder von vorn an.»

«Ich weiß nicht, ob ich das durchhalten würde.»

«Du mußt nur Vertrauen zu mir haben. Die Schittecks sind Experten auf dem Gebiet des Genusses.»

17 Der Pförtner des Krankenhauses versicherte mir, daß Wanda in der Abteilung für Hautkrankheiten lag – und nicht etwa für Unterkühlungen oder hysterische Krämpfe nach Wasserschlucken aus Liebeskummer.

Ein junger Assistenzarzt mit schwarzem Dreitagebart gab mir Ratschläge, wie ich mich verhalten sollte.

«Ihre Freundin ist emotional äußerst angespannt. Keine Frau verträgt es, in einem solchem Zustand von nahestehenden Menschen gesehen zu werden. Sie sollten sehr behutsam mit ihr umgehen.»

«In welchem Zustand?» fragte ich.

«Sie hat sich beim Sturz ins Wasser schwere Hautverletzungen zugezogen. Wir wissen noch nicht, was es war.»

«Das ist allerdings merkwürdig. Soweit ich weiß, wird der unterirdische See aus gewöhnlichem Grundwasser gespeist. Es gab zwar Verunreinigungen mit Giftstoffen aus dem Chemiewerk, aber die Analysen waren nie besorgniserregend.»

«Das Wasser hatte eine stark ätzende Wirkung.»

Als Doktor Benz die Tür zu Wandas Krankenzimmer öffnete, verschlug es mir für einen Moment die Sprache. Nicht nur, weil ihr Gesicht mit stecknadelkopfgroßen hochroten Flecken übersät war – noch mehr überraschte es mich, daß Xaveria und ihre Mutter an Wandas Bett saßen.

«Komm herein», sagte Lilo. «Wir haben gerade über dich gesprochen.»

«Über mich?» Ich versuchte nicht wie ein ertappter Sünder zu wirken, als ich meine Schachtel Pralinen auf die Nachtkonsole legte. Aber in den Augen von drei Frauen, die längst über meinen Charakter Gericht gehalten hatten, sah *alles* nach Verlegenheitsgeste aus.

«Wer sonst, Daniel?» fragte Xaveria mit schneidender Stimme.

«Wahrscheinlich spielst du auf den Vorfall in der Bibliothek an?»

«Und ob ich darauf anspiele.»

«Es ging nur darum, unseren guten Ruf zu retten. Im Präsenzbestand war ein Buch, ein ziemlich wertvolles, altes Ding mit goldbedrucktem Lederrücken, das ich dringend für meine Arbeit benötigte …»

«Verschon uns mit deinen Lügen.»

«Also bitte, Wanda kann bestätigen, daß ich …»

«Daß du ein Verhältnis mit ihr hattest?» erkundigte sich Xaveria. «Fiel dir nichts Besseres ein, als dich als Reifenhändler aus Gabun auszugeben?»

«Kamerun», verbesserte Wanda.

«Und deine Liaison mit den Schitteckschwestern?» fragte Lilo. «Ich habe deutlich gehört, wie sie sagte: ‹Mir ist immer noch nicht klar, ob ich jemals einen Mann lieben könnte, der meiner Schwester ein Kind gemacht hat.›»

«Unsinn, du mußt dich verhört haben.»

«Hast du Charlotte etwa nicht geküßt?» erkundigte sich Xaveria.

«Wir hatten vereinbart, die Schittecks zu observieren, oder? Glaubst du im Ernst, es würde genügen, sie nur vom Balkon aus mit dem Fernglas zu beobachten?»

«Du bist also so etwas wie ein Undercover-Agent, der den Schittecktöchtern Kinder macht, um ihnen bei ihren schmutzigen Geschäften auf die Schliche zu kommen?» fragte Lilo höhnisch.

«Diesem Mann, Doktor», sagte Wanda und deutete voller Abscheu mit ihrem rotgefleckten Zeigefinger auf mich, «ist keine Lüge zu schäbig. Sehen Sie sich bloß an, wie er mich zugerichtet hat.»

Benz legte seine Hand auf meine Schulter und bedeutete mir, für einen Moment mit ihm hinauszukommen.

«Es steht mir zwar nicht an, Ihren Streit zu beurteilen», erklärte er auf dem Gang. «Aber Sie sollten jetzt lieber an die Kranke denken. In so einer Situation fallen leicht Worte, die man später bereuen könnte.»

Als ich am Nachmittag mit Reagenzgläsern zur großen Froschgrotte fuhr, um aus dem unterirdischen See Wasserproben zu entnehmen, war ich genauso arglos und unwissend wie jeder andere in der Kommune. Nach Brookmanns Analysen enthielt das Wasser des Sees zwar Spuren starker Umweltgifte, die vom Gelände des Chemiewerks stammten und mit dem Regen ins Grundwasser gespült worden waren. Aber solche Gifte sind gewöhnlich derart stark verdünnt, daß sie beim Baden keine unmittelbare Gefahr darstellen.

Ich ging durch den Hohlweg, über den die Rohre der Kleiber-Chemie zum Klärwerk laufen, und kletterte dann die Abkürzung an den Betonpfeilern entlang zum Eingang der Grotte hinauf.

Von dort aus führte eine schmaler Trampelpfad an den See hinunter. Das Gestein bildete hier von außen nach innen verlaufende feuchtglänzende Rinnen und Röhren, die fast so dick wie menschliche Körper waren, und mir wurde zum ersten Mal bewußt, daß der See durchaus nicht nur von Grundwasser gespeist wurde. Die Rinnen sammelten das Regenwasser, das unter den Betonpfeilern den Hang hinabfloß, und leiteten es ins Innere der Grotte.

Als ich auf der schmalen, in den Fels gehauenen Treppe stand, von der Brookmann seine Wasserproben entnommen hatte, entdeckte ich an der Wand hinter mir die Kreidetafel mit den Notizen seiner Messungen. Der Verlauf der Giftkurve war annähernd gleichförmig. Sie schwankte nur um Bruchteile eines Prozents. Das Gift hätte in dieser Konzentration niemals ernsthaften Schaden anrichten können.

Unter der Tafel standen Brookmanns Laborgeräte, ein Aluminiumkasten mit Kunststoffaussparungen für Gläser und eine etwa vier Meter lange Teleskopstange. An ihrem Ende hing ein Glasbehälter, dessen Deckel sich mit einer Zugleine verschließen ließ, um Flüssigkeit vom Grund des Sees zu schöpfen. Wenn das Wasser nur so schwach verunreinigt war und die Konzentration des Giftes kaum schwankte, wie hatte es dann zu Wandas Hautausschlägen führen können?

Ich nahm die Teleskopstange vom Haken, und als ich mich etwas vorbeugte und den Glasbehälter ins Wasser senkte, entdeckte ich auf dem Grund einen winzigen Gegenstand, der wie Gold glänzte.

Der See war an dieser Stelle nur zwei, drei Meter tief. Trotzdem brauchte ich mehr als zehn Minuten für das Geduldsspiel, ihn in den Glasbehälter zu bugsieren. Dann schwenkte ich meine Angel ans Ufer, öffnete den Deckel und ließ das blitzende Ding auf den Felsboden fallen. Es war ein Schneidezahn, kein Zweifel. Und er sah ganz so aus, als sei er aus einem Goldgebiß herausgebrochen...

Ich nahm eine Probe des Wassers – es roch nicht chemischer, als ich erwartet hatte – und füllte es in eines der Reagenzgläser. Als mein Zeigefinger versehentlich beim Verschließen des Gefäßes die Flüssigkeit berührte, bildete sich sofort ein roter Flecken auf der Haut. Die Stelle brannte und fühlte sich an, als sei sie mit Säure verätzt.

18 Hitzacker öffnete mir erst die Haustür, nachdem ich ihn mit unserem geheimen Notsignal herausgeklingelt hatte (zweimal kurz, dreimal lang, was soviel bedeutete wie: «Eines der Windkrafträder ist vom Hügel gestürzt» oder «Der Dr.-Clemens-Kleiber-Bach tritt über die Ufer»). Er trug seine Lesebrille an einer Kordel um den Hals, und seine rot geränderten Augen sahen aus, als habe er seit Tagen über seinen chemischen Formeln gehockt.

«Das hier ist eine Wasserprobe aus dem unterirdischen See in der Froschgrotte», sagte ich und reichte ihm mein Reagenzglas. «Schlag dir die Nacht um die Ohren und mach damit, was du willst, aber finde heraus, was es ist.»

«Schon irgendeinen konkreten Verdacht?» erkundigte er sich. «Was ist passiert?»

«Ein Unfall.»

«Das arme Ding aus der Bibliothek? Man munkelt, du hättest ein Verhältnis mit ihr.»

«Ich habe fünfzehn Jahre lang nichts anderes im Sinn gehabt, als aus diesem Müllhaufen von Planeten eine lebenswerte Umwelt zu machen. Warum sollte ich mich ausgerechnet in eine Frau wie Wanda verlieben?»

Hitzacker schüttelte sorgenvoll den Kopf, als machte ich mir selbst etwas vor.

«Ich beobachte dich schon seit langem, Paul. Du bist nicht mehr der alte. Du bist phlegmatisch geworden in deinem Kampf. Du hast den revolutionären Schwung verloren.»

«Mag sein, vielleicht bin ich ein wenig müder als früher.»

«Dein Schulversuch klopft dich mürbe, hab ich recht?»

«Keiner von diesen kleinen Teufeln interessiert sich auch nur die Bohne für das, was ich sage.»

Ich folgte Hitzacker ins Labor – einen finsteren Raum, bis zur Decke vollgestopft mit Geräten, der wie die Studierstube eines mittelalterlichen Alchemisten aussah. «Was sagt die Diagnose im Krankenhaus?» erkundigte er sich, während er die Wasserprobe in seinen Analyseapparat einsetzte. «Am leichtesten findet man immer das, wonach man sucht.»

«Erinnerst du dich noch an Mohrmans Worte? Er sagte: ‹Während der Entwicklung von Super-Plus gab es zwei große Betriebsunfälle. Dabei sind dreihundert Hektoliter ins Grundwasser gelangt.›»

«Ja, das wäre eine plausible Erklärung für ihren Unfall.»

«Es hinterläßt Flecken auf der Haut.» Ich zeigte ihm meinen Finger.

Hitzacker strich die Flüssigkeit auf verschiedene Teststreifen, um ihre Verfärbung zu ermitteln. Doch das Ergebnis schien ihn nicht zu befriedigen. Dann gab er eine Probe davon in seine Zentrifuge. Ein Spektroskop zerlegte die zu Dampf erhitzte Flüssigkeit in verschiedene Wellenlängen. Er nahm eine Tabelle und verglich die gemessenen Werte.

«Super-Plus-Additiv mit einem geringen Anteil Grund- und Regenwasser...»

«Wie ich befürchtet hatte. Und es ist aggressiver als Salzsäure, oder?»

«Es dient dazu, Motorrückstände zu lösen.»

«Wie verhält es sich mit Metall?»

«Als Treibstoffadditiv darf es kein Metall angreifen. Sonst würde es den Motor beschädigen.»

«Und Gold?»

«Gold ist extrem widerstandsfähig gegen Basen und Säuren.»

«Wie steht's mit... na ja, wie würde sich ein menschlicher Körper darin verhalten?»

«Du meinst Fleisch und Knochen? Die meisten Säuren sind zu langsam, und der Laie macht sich völlig falsche Vorstellungen davon, wie schnell es geht, eine Leiche aufzulösen.»

«Und Super-Plus?»

«Nach seiner chemischen Formel ist es schnell – ungewöhnlich schnell. Worauf willst du hinaus, Paul?» Er setzte seine Lesebrille auf die Nase, ohne die Bügel auseinanderzuklappen, und musterte mich besorgt.

Ich zeigte ihm Brookmanns Goldzahn. «Den habe ich im unterirdischen See gefunden. Also war die Leiche im Fluß nur ein Täuschungsmanöver. Aber wenn es eine Finte war, *warum* wollte man es wohl so aussehen lassen?»

Hitzacker pfiff durch die Zähne. «Weil man jemanden erst beerben kann, wenn er offiziell für tot erklärt worden ist?» sagte er und sah mich nachdenklich an.

«Keine Leiche, keine Erbschaft. Ich möchte dich bitten, die Sache noch so lange geheimzuhalten, bis ich meine Recherchen beendet habe.»

Es war kurz nach ein Uhr nachts, als ich – arglos wie jeder in zwanzig Ehejahren sorglos gewordene Heimkehrer – versuchte, meine Haustür aufzuschließen.

Von innen war der Riegel vorgeschoben. Ich läutete und sah an der Hausfassade zu Xaverias Schlafzimmerfenster hinauf. In ihrem Zimmer brannte noch Licht. Und als ich geläutet hatte, ging auch das Licht im Zimmer ihrer Mutter an. Dann kamen Schritte die Treppe hinunter. Gleich darauf hörte ich Stimmengeflüster.

«Wer ist da?» fragte Lilos Stimme.

«Ich bin's, Paul.»

«Paul?»

«Paul, dein Schwiegersohn.»

«Soviel ich weiß, liegt mein Schwiegersohn schon im Bett. Außerdem würde ich Paul sofort an der Stimme erkennen.»

«Das ist wohl ein schlechter Scherz, oder?»

«Tut mir leid. Ich werde doch nicht so leichtsinnig sein und jedem wildfremden Menschen mitten in der Nacht die Tür öffnen.»

«Dann laß deine Tochter gefälligst einen Blick aus dem Fenster werfen. Sie wird sich schließlich noch an ihren Mann erinnern.»

«Verlangen Sie etwa von mir, daß ich Xaveria wegen jeder Lappalie wecke? Nein, ausgeschlossen, da müssen Sie schon bis morgen warten.»

«Ist das wieder nur irgendein dummes kleines Komplott von euch verrückten Frauenzimmern?»

«Bitte werden Sie nicht beleidigend.»

«Xaveria, ich weiß, daß du mich hören kannst. Wenn es wegen Wanda ist… ich bin bereit, über alles zu reden. Unsere Liaison war nichts weiter als ein Irrtum.»

«Machen Sie, daß Sie wegkommen», sagte Lilo.

«Ja, verschwinden Sie», bestätigte Xaveria. «Sonst rufen wir die Polizei.»

«Also bitte, du willst mir doch nicht weismachen, daß du mich nicht an der Stimme erkennst?»

Manches Schweigen klingt beredter als tausend Worte. Ich ging probeweise zum gepflasterten Weg im Garten hinunter – so laut, daß sie es hören konnten.

«Gut, wie du willst. Dann werde ich mich jetzt um mein ungeborenes Kind kümmern…»

Noch einmal Schweigen. Die alte Einsicht, daß Schweigen auch eine Antwort ist. Ich strich mir müde mit Daumen und Zeigefinger über das Nasenbein.

Als ich unten am Seeufer war, sah ich, wie die Haustür einen Spaltbreit geöffnet wurde. Dann erschienen zwei Frauengestalten in Nachthemden auf den Stufen und blickten mir schweigend nach. Ich ahnte, daß es die letzte Gelegenheit war, um Xaveria zum Einlenken zu bewegen. Doch ein fast schon vergessenes Gefühl von Stolz riet mir, jetzt endlich das zu tun, was auch jeder andere Mann mit einem Funken Selbstachtung im Leibe an meiner Stelle getan hätte.

19 «Und du hast wirklich die Seiten gewechselt, Paul?» fragte Charlotte ungläubig. «Du bist zu den Schittecks übergelaufen?»

«Na, sagen wir mal: Ich muß ein paar Tage irgendwo unterkommen, um zu sehen, wie sich die Dinge weiterentwickeln. Ich könnte es auch bei den Kleins oder bei Hitzacker versuchen – aber wer würde es nicht vorziehen, seiner Angebeteten so nahe wie möglich zu sein?»

«Kann es sein, daß du ein besonders gerissener Charmeur bist, Paul?»

«Nein, ich bin einfach ausgesperrt worden.»

«Und woher soll ich wissen, ob ich dir trauen kann?»

«Warum solltest du mir nicht trauen können?»

«Na ja, ein Fremder bei den Schittecks. Hier gibt es manches, das für schlichtere Gemüter schwer zu verkraften ist.»

«So siehst du mich – als schlichtes Gemüt?»

«Also, wenn ich daran denke, wie du das Ministerium mit dem graumelierten Kohlenfrosch übers Ohr gehauen hast, um an staatliche Gelder für BIO-ZWEI zu kommen... ganz schön durchtrieben, muß ich sagen.»

«Schwarzgrau. Er ist schwarzgrau meliert.»

«Was für ein grandioser Einfall.»

«Es scheint sich um eine Mutation aus dem gewöhnlichen gelbbraunen Grasfrosch zu handeln, der hier früher in den Feuchtbiotopen der Teiche und Bäche lebte.»

«Das Viech hat doch außer dir noch nie jemand zu Gesicht bekommen, oder?»

«Er ist nun mal sehr scheu. Das gehört zu seinen Überlebensinstinkten.»

Sie gab mir ein Zimmer neben dem Wohnzimmerturm, aus dem damals der grüngelbe Schein gefallen war. Die dunklen Möbel sahen über fünfhundert Jahre alt aus, und der Staub auf ihnen schien auch nicht viel jüngeren Datums zu sein. Eine Standuhr mit Pendel versuchte zu jeder halben und vollen Stunde einen melodischen Gongschlag von sich zu geben; aber es klang eher, als werde eine ungeölte Weiche gestellt. Doch das Baldachinbett machte einen bequemen Eindruck. Die Matratze knarrte etwas, wenn ich mich bewegte; dafür schien das Bettzeug frisch gewaschen zu sein. Es roch nach einem jener handelsüblichen, parfümierten Waschmittel, die es vor fünfhundert Jahren noch nicht gegeben hatte. Ich versank auf der Stelle in einen tiefen, traumlosen Schlaf. Gegen Morgen wachte ich einmal kurz auf, als sich eine Gestalt über mein Bett beugte. Es war Elviras Großmutter; sie trug wieder ihren breitkrempigen schwarzen Hut, und ihr bleiches Gesicht grinste mich durch das Hutnetz an.

«Oh, wir haben Besuch», sagte sie mit ihrer hohen Stimme, die dicht vor der Schwelle liegen mußte, an der das menschliche Gehör nichts mehr wahrnimmt. «Bitte verzeihen Sie.»

«Keine Ursache.»

«Ich komme manchmal nachts hierher, wenn ich nicht einschlafen kann. Das Zimmer ist verzaubert. Es heilt jede Art von Schlaflosigkeit.»

«So? Ja, da mögen Sie durchaus recht haben. Ich habe geschlafen wie ein Toter.»

«Achten Sie auf die alte Pendeluhr. Die Uhr ist das Geheimnis. Sie schlafen immer ein, bevor Sie ihren Schlag hören. Es ist nicht möglich, in der Nacht so lange wachzubleiben.»

«Ich glaube, ihr fehlen nur ein paar Tropfen Öl.»

«Wir haben diese Uhr aus den Karpaten mitgebracht. Sie gehörte einem Pfarrer, der versucht hatte, Christus am Kreuz zum Sprechen zu bringen.»

«So wie Don Camillo?»

«Nein, er montierte das Kreuz vom Hochaltar ab und brachte es in sein Wohnzimmer, um Jesus immer ganz nahe zu sein.»

«Und was ist aus dem armen Burschen geworden?»

«Er lief später zu den Kommunisten über. Aber der Standuhr hat es wegen seiner Verrücktheit die Sprache verschlagen.» Damit schlurfte sie aus dem Zimmer und überließ mich meinen Gedanken.

Ich lernte im Haus der Schittecks schon bald, daß die Welt voller Rätsel und Geheimnisse steckt. Fast jedes Ding hatte irgendeine magische Bedeutung für sie. Die Heraufkunft des ersten wahren Rationalisten war so gesehen vielleicht gar kein schlechter Plan, um sie ein wenig auf den Boden der Tatsachen zurückzubringen. Allerdings legte ich wenig Wert darauf, daß es durch meinen eigenen Sohn geschah.

Beim gemeinschaftlichen Frühstück – nach dem morgendlichen Sirenengeheul – hoffte ich ein paar Worte mit Dagmar wechseln zu können.

Doch ihre Schwangerschaft schien das am meisten beachtete Ereignis seit dem Einzug der Schittecks zu sein. Dagmar wurde wie ein Patient auf der Intensivstation behandelt. Der Zugang zur Etage war streng bewacht. Meist waren es die beiden ältesten Schittecks, die Großmutter und ihre Mutter, die vor der Etagentür auf einem Stuhl dahindämmerten, aber beim geringsten Geräusch sofort aus ihrem Halbschlaf aufschreckten und warnend die knorrigen alten Zeigefinger schüttelten.

Einfach mein Recht als Dagmars Freund oder Liebhaber einzufordern, wäre so gut wie das Eingeständnis meiner Vaterschaft gewesen. Ich fragte mich immer noch, was im Bahnhofshotel wirklich passiert war. Die Nacht mit

Dagmar wirkte seltsam nebulös auf mich. Ich erinnerte mich an die Beule an meinem Hinterkopf, aber nicht daran, daß Dagmar mir den Telefonapparat um die Ohren geschlagen hatte.

Während des Frühstücks saß ich zwischen Charlotte und Elvira. Das machte es fast unmöglich, Dagmar nach ihrer Schwangerschaft zu fragen. Schitteck senior ließ mich keinen Augenblick aus den Augen. Meine Liaison mit Charlotte schien ihm durchaus gelegen zu kommen – seinem zustimmenden Kopfnicken nach zu urteilen, sobald sich unseren Blicke trafen. Vielleicht hoffte er ja, damit habe auch einer seiner Gegner für das Projekt eines Freibades mit künstlicher Sonnenbestrahlung und Freikörperkultur die Fronten gewechselt. Der minderjährige Teil der Schitteckfamilie war hauptsächlich damit beschäftigt, sich um seinen Anteil Schinken mit Rührei zu balgen. Ein Freund Charlottes war ungefähr genauso interessant für sie wie die Frage, ob das Universum einen Zweck habe oder nicht.

Nur Lutz warf mir manchmal so amüsierte Blicke zu, als sei Jesus Christus höchstpersönlich vom Kreuz herabgestiegen, um sich zu den Schittecks in die Hölle zu bemühen.

«Werden Sie denn weiter Ihrer Arbeit an der Schule nachgehen, während Sie bei uns wohnen?» erkundigte sich Elvira.

«O ja, daran ändert sich nichts für mich.»

«Und Ihre Frau verwehrt Ihnen den Zutritt ins Haus?»

«Ich könnte mir natürlich durch die Polizei Einlaß verschaffen, das Haus ist schließlich mein Eigentum. Aber andererseits haben wir Männer auch unseren Stolz.»

«Ich finde, das ist der erste Schritt zur Besserung», sagte Charlotte. Ich beobachtete fasziniert, wie ihre Gabelspitze mit einer kleinen Portion Schinken und Rührei zum Mund wanderte; kurz bevor ihre strahlendweißen Zähne endgültig die Gabel umschlossen, war von ihrer rosafarbenen Zunge gerade noch so viel zu erkennen wie ein sanft angedeutetes Dekolleté.

«Besserung, wieso?»

«Weil du dich einfach ändern mußt, wenn du bei den Schittecks leben willst.»

«Ich passe mich gern meiner Umgebung an, aber ich gebe auch nicht leicht meine Prinzipien auf.»

«Falsche Ideale und Prinzipien, die nicht von innen kommen, führen nur zu psychosomatischen Krankheiten. Und seid ihr nicht alle schrecklich krank oder morbide?» erkundigte sie sich. «Die Lebensuntauglichkeit steht euch im Gesicht geschrieben. Deine Frau Xaveria leidet an Magersucht und Allergien. Sie muß sich dauernd wegen ihrer nervösen Anfälle vom Schuldienst beurlauben lassen.»

«Darf ich fragen, was du mit ‹falschen Idealen› meinst?»

«Deine hirnverbrannten Ideen über Religion und Umwelt.»

«Bist du denn nicht auch der Ansicht, daß in der Welt zu viele Fehler gemacht werden?»

«Ein einzelner wird daran kaum etwas ändern können.»

«Aber wenn niemand anfängt, enden wir alle in der Katastrophe, oder?»

«Und das ist gut so, finde ich. Dummheit muß bestraft werden. Falsche Rezepte und Propheten hat es schon genug gegeben.»

«Ja, richtig, eure Theorie vom Überleben der Fittesten.»

«Brich endlich aus dem Gefängnis deines Kopfes aus und beginne zu leben, Paul.»

«Sie sollten auch bedenken, Paul», sagte Elvira, «daß ein paar tausend Jahre, in denen Schulen und kluge Lehrer das Regiment geführt haben, niemanden davon abhalten konnten, sich in privaten oder öffentlichen Fehden wegen irgendwelcher Belanglosigkeiten – Grenzen, Ölquellen, Hautfarbe oder Religionszugehörigkeit – die Kehlen durchzuschneiden. Das ist nun einmal die menschliche Natur.»

«Aber ohne Kleins selbstlosen Einsatz damals beim Baden wäre Kurt jetzt nicht mehr unter uns.»

20

Nach dem Frühstück zeigte Charlotte mir voller Stolz das Haus. Abgesehen davon, daß es zu einem riesigen Lager aus ergaunerten und gestohlenen Waren umfunktioniert worden war, hätte Brookmann es kaum wiedererkannt. Unser kleiner Saal für Diavorträge wurde als Videokino benutzt – ein bevorzugter Ort der jüngeren Schittecks, weil die Filmothek alles an Horror, Gewalt und Pornographie aufbot, was sich ein entsetzter Cineast nur auszumalen vermag.

Sie hingen so selbstvergessen mit ihren altklugen Gesichtern in den verschrammten Kinositzen wie etwas zu klein geratene Filmfans beim Kultfilm *Casablanca*. Sie murmelten jeden Dialog mit, gähnten aber nur gelangweilt, wenn eine allzu einfallslose Sexdarbietung nach der Methode Dampfhammer keine Stimmung aufkommen lassen wollte.

«Großer Gott», sagte ich, «glaubst du wirklich, daß

zweitausend Liter Blut und dreihundert Morde am Tag das Richtige für deine Geschwister sind?»

«So sieht nun mal die Realität aus, Paul. Wir sollten bei der Erziehung von Kindern nichts beschönigen. Wenn sie unerwartet damit konfrontiert werden, wie es wirklich in der Welt zugeht, führt das nur zu Schockzuständen und Anpassungsschwierigkeiten.»

«Ich finde, dein Bruder Olaf macht einen ziemlich blassen Eindruck.»

«Ja, das kommt vom Onanieren.»

«Vom Onanieren? Aber er ist doch höchstens vier oder fünf Jahre alt?»

«Hardcore-Pornos bringen ihn immer in Fahrt. Wir Schittecks sind sexuell frühreif. Wir praktizieren die freie Liebe – wir reden nicht nur darüber.»

«Das stellt meiner Meinung nach die Erziehungsprinzipien von Jahrtausenden auf den Kopf.»

«Sie müssen sich einfach fragen lassen, Paul», sagte Lutz zu meiner Überraschung aus dem Halbdunkel neben dem Videoprojektor, «worum es im Leben eigentlich geht. Darüber herrscht weitgehend Verwirrung. Selbst intelligente Leute haben noch nicht begriffen, daß uns die Dinge nur wegen ihrer Auszeichnungen durch Gefühle etwas bedeuten. Ohne sie wären sie wertneutral. Das Gefühl ist die einzige Realität im Universum, deren positive oder negative Qualität nicht mehr hinterfragt werden kann. Verantwortung, Ehre, Würde, Demokratie, Gerechtigkeit dagegen können und *müssen* hinterfragt werden, sie sind nur durch ihre – tatsächliche, faktische – Beziehung zu Gefühlen zu rechtfertigen. Aber es wäre sinnlos, zu fragen, wofür die Lust und das Glück gut sind und warum wir Schmerzen zu vermeiden trachten. Wenn aber das Gefühl der Dreh- und Angelpunkt im Leben ist, dann müssen wir jede pädagogische Konvention daran messen, ob sie zu mehr oder weniger positiven Gefühlen führt. Für einen wirklich aufgeklärten Menschen wäre es das einzige akzeptable Kriterium.»

«Kommen Sie, Paul», sagte Charlotte lachend, ehe ich darauf antworten konnte, und zog mich aus dem Vorführraum. «Lutz hat heute wieder seinen philosophischen Tag. Er ist der Denker der Familie.»

«Und ihr nehmt diesen Unsinn ernst?»

«Ja, wir glauben, daß er recht hat.»

«Aber das wäre die Diktatur der Lust.»

«Nach seiner Meinung haben wir diese Diktatur längst. Sie wird nur rhetorisch bemäntelt von denjenigen, die ihre eigenen Schärflein mit raffinierteren Methoden ins Trokkene bringen: den Kulturpriestern, Kirchenoberen und Wirtschaftsbossen, die uns einreden wollen, es gäbe allgemeingültige Werte. Als wenn saubere Luft und eine intakte Vegetation Werte *an sich* wären. Und ‹raffinierte Methoden› heißt auch, sich selbst etwas in die Tasche zu lügen.»

«Na, es ist jedenfalls die beste Begründung für exzessives Onanieren, die ich je gehört habe.»

«Es ist ein Bekenntnis zum Leben, zur Sinnlichkeit.»

«Findest du nicht, daß ein paar gute Bücher auch zum Leben gehören?» fragte ich.

«Oh, wir haben eine phantastische Bibliothek», sagte Charlotte und zog mich eine Tür weiter. Als wir im dunklen Korridor standen, versuchte ich sie zu küssen.

«Später, Paul. Nicht so stürmisch.»

«Was hältst du davon, wenn du heute abend...?»

Sie machte sich aus meinen Armen los. «Ich muß mir erst Klarheit über dich verschaffen.»

«Klarheit – über mich? Aber ich bin Paul Grob, der liebeskranke Lehrer von nebenan, der gerade dabei ist, seine religiösen und weltanschaulichen Ideale über Bord zu werfen, um Tag und Nacht zu onanieren.»

«Ich muß herausfinden, ob du in deinem Alter überhaupt noch fähig bist, dich radikal zu ändern. Ich könnte nie mit einem Mann zusammenleben, dem seine längst überlebten Konventionen mehr bedeuten als sein Glück.»

«Und womit kann ich dir das beweisen?»

Charlotte blieb stehen und drehte mit ihren durchscheinenden weißen Fingern mein Gesicht ins Licht. «Na, zum Beispiel... indem du dir einen kleinen schwarzen Hitlerschnurrbart stehen läßt.»

«Einen Hitlerschnurrbart...?»

«Es würde dir gut zu Gesicht stehen. Ich finde, du hast die gleichen markanten Züge wie der Führer.»

«Und warum sollte ich so etwas Verrücktes tun?»

«Um dir selbst zu beweisen, daß du nicht davor zurückschreckst, deinen eigenen Weg zu gehen. Manchmal kann es uns innerlich freier machen, sich zu einem abweichenden Äußeren zu bekennen.»

«Es käme mir wie eine Karnevalsmaskerade vor.»

Wir betraten Brookmanns Bibliothek. Die einzige auffallende Veränderung schienen einige gerahmte Porträts von Größen aus der Geschichte zu sein. Erst einen Augenblick später wurde mir bewußt, daß es sich fast ausnahmslos um negative Gestalten handelte: Caligula, Herodes, Dschingis-Khan, Epikur, Pizarro, Stalin, Hitler, Saddam Hussein. Eine weiße Marmorbüste auf einem Chippendale-Podest zeigte den ehemaligen amerikanischen Präsidenten Richard Nixon.

«Wenn dort nicht auch Epikur hinge, würde ich glauben, ihr verehrt das Böse in der Geschichte.»

«Nein, wir interessieren uns nur für diese Männer, weil

sie es verstanden haben, gegen die Übermacht und Rhetorik der anderen ihre individuellen Obsessionen zu verteidigen. Moralisch oder amoralisch sind dabei zweitrangige Fragen – das kommt erst später. Es geht einfach ums Prinzip: *Wie haben Sie es in der Welt geschafft?*»

«Aber ihr betrachtet sie als Vorbilder?»

«Jeder Mensch ist ein Individuum. Es wäre aussichtslos, einen anderen kopieren zu wollen.»

Als ich die Regale musterte, fiel mir auf, daß alle Bücher Biographien von herausragenden Persönlichkeiten waren – *negativen* Persönlichkeiten, wie meine krude Terminologie damals noch gelautet hätte. Später sah ich die Dinge eher im Sinne der Schittecks.

Ich begann zu begreifen, daß mein Blickwinkel auch nur eine von vielen Möglichkeiten in diesem Narrenspiel der Meinungen war, die unseren Planeten so unvergleichlich bizarr und vielfältig wie ein großes Irrenhaus haben werden lassen.

21

Nach ihrer Entlassung aus dem Krankenhaus wurde Wanda von Xaveria und ihrer Mutter zur Pflege aufgenommen. Die Ärzte standen vor einem Rätsel. Verätzungen durch Super-Plus-Additiv kamen in ihren Lehrbüchern nicht vor. Wandas scharlachroter Hautausschlag war das für jedermann sichtbare Zeichen meiner Schuld, und schon während meines ersten Besuchs kam ich zu der Überzeugung, weder Wanda noch Xaveria oder Lilo seien auch nur im geringsten daran interessiert, daß sie von ihrem Hautleiden genas. Wanda schien es bei uns zu gefallen.

«Ich könnte mich in der Nachbarstadt um einen Spezialisten bemühen», schlug ich vor.

«Etwa wieder dieser Doktor Gans, bei dem du deine Geschlechtskrankheiten behandeln läßt, Paul?» erkundigte sich Xaveria.

«Darf ich fragen, wie du darauf kommst, daß ich an einer Geschlechtskrankheit leide? Von Doktor Gans selbst kann es doch wohl kaum stammen. Das wäre Bruch des Arztgeheimnisses.»

«Jemand im Wartezimmer sah dich mit deinem Rezept aus der Sprechstunde kommen», erklärte Xaverias Mutter. «Und er hörte, wie Doktor Gans in der offenen Tür zu dir sagte: ‹Ich verordne Ihnen Penicillin, hochdosiert. Und ein Mittel gegen Ihre blutsaugenden Untermieter.› Aber erwarte nicht von uns, daß wir dir verraten, wer es war.»

«Wahrscheinlich einer dieser Zwitter, deren Verstand von zu hohen Hormondosen umnebelt ist.»

«Wie bitte?»

«Ich sagte, nein, natürlich nicht. Zu Doktor Gans kommen hauptsächlich Patienten, die ihr Geschlecht umwandeln lassen wollen.»

Wanda lag auf der Chaiselongue in meinem Arbeitszimmer. Anscheinend rechnete hier niemand mehr mit meiner baldigen Rückkehr.

«Sind das da auf dem Boden nicht Manuskriptseiten aus meiner Habilitationsschrift?» fragte ich.

«Oh, schon möglich», sagte Lilo. «Wanda hat sich mal angesehen, womit du dich befaßt.»

«Und nach der Art zu urteilen, wie sie meine Arbeit behandelt, scheint sie wenig davon zu halten?»

«Sie glaubt, es sei ziemlich ungereimtes Zeug. Deine Hauptthese, daß man Werte auch gegen den Widerstand seiner Gefühle wählen müsse, weil gesellschaftlicher Einfluß und Erziehung dazu nicht ausreichten, sei Schnee von gestern.»

«So? Und wo in der Geistesgeschichte finden sich schon Belege für diese Idee?»

«Der Mensch ist vollkommen determiniert, Daniel», erklärte Wanda und drehte mir ihr rotgeflecktes Gesicht zu. «Das kannst du bei den klassischen Philosophen nachlesen. Deine Art von Freiheit gibt es überhaupt nicht. Für jeden Gedanken muß eine Ursache postuliert werden, und für diese Ursache wieder eine, und so fort bis in alle Unendlichkeit. Und das bedeutet ja wohl, daß die Wahl von Werten gegen den Widerstand der Gefühle ebenfalls determiniert ist.»

«Anscheinend bin ich neuerdings auf Schritt und Tritt von hervorragenden Geisteswissenschaftlern umgeben? Und nenn mich bitte nicht Daniel, das macht mich nervös.»

Ich sammelte die verstreuten Blätter meines Manuskriptes ein und verschloß sie im Aktenschrank. Dann setzte ich mich an den Schreibtisch und begann zu arbeiten. Xaveria warf mir einen ungläubigen Blick zu.

«Du willst doch jetzt nicht...? Bitte nimm etwas Rücksicht darauf, daß wir eine Kranke im Haus haben.»

«Ist dies etwa nicht mein Arbeitszimmer?»

«Findest du es eigentlich taktvoll, so in Wandas Gegenwart zu reden?» erkundigte sich Lilo.

«Ich könnte natürlich auch im Haus der Schittecks arbeiten. Anscheinend bin ich dort willkommener als hier.»

«Ja, geh ruhig zu deinen Flittchen zurück, Paul», sagte Xaveria. «Das ist es doch, was du willst? Deine Verantwortung für Wandas Unfall läßt sich damit nicht aus der Welt schaffen – ob du nun deine Augen davor verschließt oder nicht.»

Deutliche Worte, kein Zweifel. Und anders als im gewöhnlichen Strafvollzug oder an der Himmelspforte schien es für den armen Sünder auch keine Buße oder Läuterung zu geben. Vielleicht hätte es mir ja gut angestanden, jetzt das zu tun, was viele Männer in meiner Situation getan haben würden: ein ernstes Wort zu sprechen, das Wort des Herrn im Hause, und wieder klare Verhältnisse zu schaffen…

Doch ich war längst in einem Stadium angelangt, wo weniger das zählt, was gesagt wird, als die zur richtigen Zeit und am richtigen Ort in den Boden gerammten Stangen eines magischen Dreiecks, die Kontakt zur Geometrie der Sternenbahnen aufnehmen. Im nachhinein kommt es mir sogar so vor, als sei alles, was passierte, so unausweichlich und folgerichtig abgelaufen wie die Bewegungen eines Räderwerks, wie das Ineinandergreifen von Zahnrädern, zwischen denen mein Aufbegehren höchstens die Rolle des sprichwörtlichen, aber bedeutungslosen Sandkorns im Getriebe hätte spielen können. Als habe Wandas leichtsinnig dahingeworfene Bemerkung vom Determinismus, der unsere Handlungen und Gedanken bestimmt, nur die Aufgabe gehabt, Licht auf unsere innersten Antriebe zu werfen. Jetzt, während ich diese Zeilen schreibe und Xaveria mich für immer verlassen hat, bin ich sicherer denn je, daß ich damals nicht freier war als jemand, dem man, auf der obersten Sprosse stehend, in schwindelnder Höhe die Leiter unter den Füßen weggezogen hatte.

Charlotte gehörte zu jenen Frauen, die keine Langeweile dabei empfinden, sich den ganzen Tag über im Liegestuhl zu rekeln, in Frauenzeitschriften zu blättern und ab und zu durch ihre Sonnenbrille die Umgebung zu mustern. Sie saß unter den schattigen Bäumen am Ufer, die schlanken weißen Beine übereinandergeschlagen, und warf mir und meinem Stapel Bücher bedauernde Blicke zu.

«Dient das alles deiner Weiterbildung, Paul?»

«Nein, es sind Bücher aus der Leseliste deines Bruders.»

«Spionierst du Lutz etwa nach?»

«Ich versuche nur herauszufinden, ob er ein Angeber oder ein kleines Genie ist.»

«Und wozu?»

«Um mir ein Bild zu machen.»

«Das ist keine Antwort, Paul – ein Bild *wovon*?»

«Von deiner Familie natürlich. Was sie dazu bringt, so sorglos in den Tag zu leben und nie etwas anderes zu tun, als ihrem Vergnügen nachzugehen.»

«Das imponiert dir?»

«Es widerspricht meinen Überzeugungen.»

«Sind denn Müßiggang und Vergnügen nicht ganz menschliche Verlangen? Dazu braucht man keine philosophischen Theorien. So wären wir auch ohne Lutz' kluge Ratschläge.»

«Nach meiner Beobachtung macht es den Menschen neurotisch, nur so in den Tag zu gammeln.»

«Sieh uns an – hältst du uns für krank?»

«Nein, aber es stellt alle pädagogischen Erkenntnisse auf den Kopf.»

«Brich endlich aus dem Gefängnis deiner Gedanken aus, Paul.»

Charlotte reichte mir ihre Hand.

«Komm – ich will dir zeigen, was du tun mußt, um ein anderer Mensch zu werden.»

Sie brachte mich in den Partykeller mit seinen von Fellen bedeckten Chaiselonguen, der wie eine asiatische Opiumhöhle eingerichtet war, und zeigte zu einer gemütlichen Liegestatt mit bunten Seidenkissen neben der Spanischen Wand. «Das hier wird dein Platz sein. Hier wirst du den Himmel und die Seligkeit erleben.» Dabei nahm sie neben mir im Schneidersitz auf einem bestickten Kissen Platz und begann aus Töpfchen und Kästchen eine Mixtur aus verschiedenen Pulvern und Pillen zusammenzustellen.

«Was ist das?»

«Ein *buntes Potpourri.*»

«Buntes Potpourri nannte mein Arzt die Geschlechtskrankheiten, die ich mir bei deiner Schwester zugezogen habe.»

«Sie hat sich angesteckt, diese unverbesserliche Schlampe?»

«Na, zum Glück hat Doktor Gans mich schnell wieder hingekriegt. Sagt dir der Name etwas?»

«Doktor Gans – nein.»

«Er war Assistenzarzt in einer Stadt im Norden und erinnert sich an eine Familie rumänischer oder provenzalischer Herkunft namens Schitteck, die damals von Stadt zu Stadt zog. Sie graste das Terrain ab, und eines Tages war sie wieder verschwunden. Als sie abzog, gründeten einige Familienväter und Junggesellen eine ‹Interessengemeinschaft Schitteckgeschädigter›. Es gab zwölf Ehescheidungen und drei Selbstmordversuche.»

«Ja, richtig, jetzt fällt es mir wieder ein. Lutz hat uns davon erzählt.»

«Ihr seid nicht zufällig diese Familie Schitteck?» erkundigte ich mich.

«Und wenn wir es wären, Paul?»

«Dann würde mich interessieren, wie ihr eure Opfer auswählt.»

«Opfer – was für ein Wort. Wir fühlen uns eher als Missionare in Sachen Glück, Paul. Dieses Potpourri hier dient nur dazu, deine verschütteten Fähigkeiten freizulegen.»

«Das bunte Potpourri, das mir deine reizende Schwester hinterlassen hat, war eine eher schmerzhafte Angelegenheit.»

«Aber es würde ja beweisen, daß du tatsächlich mit Dagmar geschlafen hast. Also bist du auch der Vater ihres Kindes. Nein, dies hier ist ein Mix aus verschiedenen Drogen», sagte sie und hielt mir die Mischung auf einem kleinen Silbertablett hin.

«Doch nicht etwa für mich? Ich bekommen schon beim bloßen Gedanken an Drogen allergischen Schnupfen.»

«Dann siehst du, wer von uns der Kranke ist, Paul. *Du* brauchst eine Behandlung, nicht wir.»

«Aber ich leide an Untergewicht und niedrigem Blutdruck. Das Zeug könnte mich umbringen.»

«Erinnerst du dich noch, was ich über die Schädlichkeit von Drogen gesagt habe? Es kommt auf die Methode an. Du mußt deine Mittel ständig wechseln, damit der Körper sich nicht an sie gewöhnen kann. Zwanzig verschiedene Drogen sind besser als drei. Dann liegt zwischen jeder Sitzung genügend Zeit für die Entgiftung deiner Zellen. Und nach dem Entzug fängst du wieder von vorn an.»

«Trotz der Mischung? Dabei liegt doch gar keine Zeit zwischen den einzelnen Sitzungen.»

«Nur beim ersten Mal. Die *gleichzeitige* Einnahme aller Drogen hat eine unvergleichliche Wirkung und führt nicht zur Sucht. Es kommt auf die ausgewogene Dosierung an – das ist Erfahrungssache», erklärte sie geheimnisvoll lächelnd, während sie mit einem Stößel die Tabletten und anderen Zutaten zu einem gleichmäßigen grüngrauen Pulver verarbeitete. «Danach bist du für weitere Stationen vorbereitet.»

Die Mischung wurde in einem winzigen Backofen aus Gußeisen erhitzt.

«Am schnellsten wirkt es, wenn du das Pulver mit einem Röhrchen über die Nase aufnimmst.»

Während ich fast mechanisch – als hätten meine Hände das Denken übernommen – Charlottes Silberröhrchen nahm und es auf das mit Pulver bedeckte Tablett richtete, zog ein anerkennendes Lächeln über ihr Gesicht. Ich tat, was sie sagte, weil es mir plötzlich zutiefst gleichgültig war, was passierte. War ein verpfuschtes Leben nicht genauso bedeutungslos wie ein schneller Tod? Und die Frage nach den wahren Gründen so unbeantwortbar wie alle wesentlichen Fragen? Allergischer Schnupfen, niedriger Blutdruck – steuerte das Leben nicht ständig und unausweichlich auf irgendwelche Tiefpunkte oder Höhepunkte zu?

In diesem Augenblick – als das grüngraue Pulver meine Nasenschleimhäute berührte – erkannte ich, daß die Welt nichts weiter als ein vollkommen mechanisches Räderwerk ist – und die Willensfreiheit nur eine dumme kleine Illusion. Irgend etwas in meinem Hinterkopf explodierte. Als läge ich im Sterben, sausten die Stationen meines Lebens wie ein unaufhörlicher Bilderreigen an meinem inneren Auge vorüber.

Ich sah mich zwischen Wohnsilos und dem Chemiewerk auf dem Gelände unseres verfallenen Militärkomplexes stehen, den wir vor elf Jahren erworben hatten, um darauf eine umweltbewußte Musterlandschaft anzulegen, ein Vorbild für das Wohnen der Zukunft. Dann wechselte das Szenario, und ich schwebte während der Einweihungsfeier über den Grotten von BIO-ZWEI, nachdem das Ministerium meinen Plan bewilligt hatte, zum ersten Mal nachzuweisen, daß eine Giftmülldeponie sich auf natürlichem Wege und aus eigenen biologischen Kräften in eine gesunde Urlandschaft zurückverwandeln konnte.

Ich sah wie in einer nicht endenwollenden Zeitlupe, daß mein Plan scheiterte, weil die Gifte im Boden nur Mißgeburten und kranke Kreaturen erzeugten, Mutanten, schlimmer als alles, was die Welt jemals hervorgebracht hatte – unbekannte Fliegen und Insekten, die Krankheiten übertrugen, Pflanzen, deren Berührung zu Allergien führte... und als die Schließung des Geländes drohte, wurde ich Zeuge, wie ich eines Nachts auf den genialen Plan verfiel, der Öffentlichkeit die Entdeckung des schwarzgrau melierten Kohlenfroschs zu präsentieren. Endlich ein Lebewesen, dem man eine Lebensberechtigung zubilligte, und natürlich brauchte es einen angemessenen Lebensraum...

Ich verbrachte viele Tage und Nächte damit, die Spuren meiner Fehlschläge zu beseitigen. Ich ließ Erde aus anderen Teilen der Stadt heranschaffen. Ich pflanzte gesunde Sträucher und Bäume. Ich beschaffte mir von einem italienischen Züchter ein paar jener lilafarbenen Rosen mit grünen Einsprengseln und spiegelte der Presse vor, sie wüchsen ganz ohne mein Zutun in einer Grassenke oberhalb der kleinen Grotte von BIO-ZWEI. Und weil ich meine Geschichte so oft wiederholen mußte, kam es mir schon bald so vor, als hätte ich sie tatsächlich eines Morgens beim Spaziergang entdeckt...

Die Kraft der Lüge begann meine eigenen Erinnerungen zu beherrschen. Was ich geschaffen hatte, war nichts weiter als eine große Illusion.

22 «Du bist ein Scharlatan, Paul Grob», sagte eine Stimme in meinem Kopf. «Es ist Zeit zur Umkehr...»

Ich erwachte und richtete mich von meiner Chaiselongue auf. Charlotte saß neben mir und hielt meine Hand.

«Was ist passiert?» fragte ich. Meine Stimme klang merkwürdig fremd.

«Du hattest Fieber, Liebling. Aber jetzt ist alles überstanden.» Sie tupfte mir mit einem Taschentuch den Schweiß von der Stirn. «Manchmal wehrt sich unser Organismus zu heftig dagegen, die Wahrheit zu erkennen.»

«Bin ich jetzt – *süchtig*?»

Charlotte lachte. «Höchstens nach dem Leben. Du hast wieder begonnen zu leben. Du mußt lernen, deinen Instinkten und nicht deinem Kopf zu gehorchen. Das Denken ist nur für Geschöpfe vom Schlage deines künftigen Sohnes geeignet. Bei normalen Menschen führt es in die Irre.» Sie öffnete eine Schachtel, die neben ihr auf dem Tisch stand, und aß eine Praline – *Pontechelly-Pralinen*.

«Würde es dir etwas ausmachen, dich etwas mehr ins Licht zu drehen?»

«Und wozu?»

«Damit ich dir beim Essen zusehen kann.»

«Ja, richtig. Wir sollten uns immer zu unseren kleinen Schrullen und Schwächen bekennen, Paul. Damit hast du den ersten Schritt getan, ganz du selbst zu sein.» Sie steckte mir mit spitzen Fingern eine *Pontechelly-Praline* in den Mund.

«Trifft das auch auf deinen Umgang mit unserer Tombolakasse und unser achtundzwanzigteiliges Edelstahlbesteck zu?»

«Oh, euer Besteck war gar nichts wert. Niemand will Löffel mit Bundesadlern.»

«Und was, wenn ich plötzlich Lust bekäme, mich wie Saddam Hussein aufzuführen?»

«Dann müßtest du versuchen, mit deinem Charakter genauso zurechtzukommen wie ein Krüppel oder Blinder mit seiner Behinderung.»

«Und mein freier Wille?»

«Zeig mir einen einzigen Triebverbrecher, dem es gelungen ist, sein Verlangen durch den Willen zu kontrollieren.»

«Aber es hat immer Menschen mit starkem Willen gegeben, oder?»

«Ihr starker Wille war genauso Veranlagung wie dein Bedürfnis, Saddam Hussein zu spielen.»

Ich erkannte zu meiner Überraschung, daß Charlotte nicht nur schön, sondern auch intelligent war – eine Frau, die zur rechten Zeit die passenden Antworten fand, ohne deswegen in Allüren zu verfallen. Sie gebrauchte den Intellektuellenjargon nur, wenn es nötig war. Vielleicht begann ich sie gerade deshalb schon bald auf eine Weise zu lieben, die mehr Ähnlichkeit mit Hörigkeit als gewöhnlicher Zuneigung hatte. Eine Fee, die Fleisch und Blut geworden war. Ihre rosafarbene Zunge umschlang eine Praline...

Nachmittags zeigte sie mir, wie ihre Familie kleine Schwierigkeiten meisterte. Kurt (alias Lobmann) hatte eine Auseinandersetzung mit «Georgchen», dem Ringkämpfer. Georgchen wurde «der Ringkämpfer» genannt, weil er soviel Gewicht auf die Waage brachte wie zwei gleichaltrige Schitteckkinder zusammen. Obwohl ein oder zwei Jahre jünger, war er Kurt an Körperkraft weit überlegen. Kurt behauptete, Georgchen vernichte heimlich seine Schularbeiten, weil er es als ausgewiesener Dummkopf der Familie nicht ertragen könne, neben sich einen solchen Geistesriesen zu wissen. Außerdem habe er sich geweigert, für Georgchen seine Fähigkeiten als Schriftenfälscher einzusetzen und ihm ein paar Aufsätze im Fach Deutsch zu schreiben. Wie nicht anders zu erwarten, stritt Georgchen das ab und behauptete, Kurt müsse seine Arbeiten verlegt haben. Schitteck senior versuchte gar nicht erst, die Wahrheit ans Licht zu bringen. Solchen Konflikten wird man nicht mit Argumenten gerecht.

Um den Streit auf angemessene Weise beizulegen, wurde in unserem ehemaligen Versammlungssaal ein Podest aus Tischen zusammengestellt. Diesen provisorischen Boxring deckte Vater Schitteck höchstpersönlich mit zwei alten Teppichen aus der Vorhalle ab; Seile sparte er sich, weil er der Meinung war, ein Sturz vom Tisch gehöre zum normalen Kampfrisiko.

Ich fragte mich, wie Kurt jemals gegen Koloß Georgchen gewinnen wollte, als ich ihn schmalbrüstig und unter dem Gejohle der anderen Schitteckkinder den Ring besteigen sah. Georgchen tänzelte sofort wie ein professioneller Schwergewichtsboxer auf ihn zu und landete einen Schlag im Nichts, als er Kurts Kopf zu treffen versuchte.

«Paß auf, was passiert», flüsterte Charlotte. «Achte auf Kurts Mund...»

Georgchen kam zum zweiten Mal auf ihn zugetänzelt, riß aber einen halben Meter vor ihm plötzlich die Hände vors Gesicht und bedeckte seine Augen mit den Boxhandschuhen, als sei er erblindet.

Kurt landete einen Volltreffer in seiner Magengrube. Das brachte seinen Gegner dazu, vor Schmerz die Arme herunterzunehmen – was ihm prompt einen Schlag ins Gesicht eintrug. Schitteck senior unterbrach den Kampf und untersuchte Georgchens blutende Nase.

Ring frei zur zweiten Runde. Georgchen reklamierte lautstark bei Vater Schitteck wegen irgendeiner Regelwidrigkeit, wurde jedoch abschlägig beschieden.

Das gleiche Spiel wie beim ersten Mal: Georgchen kam auf Kurt zugetänzelt, riß aber einen halben Meter vor ihm die Hände vors Gesicht und bedeckte seine Augen mit den Boxhandschuhen, als sei er erblindet.

Kurt versetzte ihm einen harten Schlag in die Magengrube. Georgchen schwanke und kippte mit hängenden Armen vornüber. Prompt erhielt er nach dieser leichtsinnigen Blöße einen Schlag auf die Nase – Blut lief über sein Kinn.

«Was für ein Gemetzel», sagte ich. «Warum bricht dein Vater den Kampf nicht ab?»

Schitteck senior überprüfte die Verletzung seines Sohnes und riß Kurts rechten Arm hoch.

«Nun ist Kurt Gerechtigkeit geschehen», sagte Charlotte und hängte sich zufrieden bei mir ein.

«Aber es war doch nur ein fauler Trick, oder? Kurt hat ihm irgend etwas ins Gesicht gesprüht.»

«Er hatte *Chloram* im Mund – das ist die aufgekochte Essenz einer Pflanze, deren Saft zu kurzzeitigem Erblinden führt, meine Mutter hat das Rezept von den alten Azteken. Nach ein paar Minuten kann man wieder normal sehen.»

«Und das nennst du eine gerechte Lösung?»

«Wer behauptet denn, daß dabei Gerechtigkeit im Spiel wäre? Wenn ich sage, Kurt ist ‹Gerechtigkeit geschehen›, dann heißt das nur, sie haben beide das Gefühl, die Angelegenheit sei für sie erledigt.»

«Und Georgchen akzeptiert, daß ihm dabei etwas in die Augen gesprüht wurde?»

«Er wird alles tun, um an das Rezept zu gelangen. Solche unfairen Kampftechniken verschaffen ihm Überlegenheit über andere. Also ist Kurt jetzt ein interessanter Verhandlungspartner für ihn.»

«Ihr regelt wohl alles nach dem Kaufmannsprinzip?»

«Erinnere dich an den Wahlspruch der Schittecks, Paul: *Genießen und möglichst wenig leiden – das ist unser Los!* Wir wären kaum auf der Welt, wenn wir nicht wenigstens die klitzekleine Chance hätten, das Glück könnte unsere Schmerzen und unser Leiden überwiegen. Irgendein amerikanischer Dichter hat einmal behauptet: ‹Vor die Wahl gestellt, uns für den Schmerz oder das Nichts zu entscheiden, wählen wir den Schmerz.› Aber in Wirklichkeit ist das Leben immer ein Geschäft. Nichts geschieht ohne Profit.»

Ich weiß nicht, wann ich begann, beim Rasieren vor dem Spiegel jenes obskure Rechteck zwischen Nase und Oberlippe auszusparen, das wie kein anderes geeignet ist, ein neues Lebensgefühl zu vermitteln. Schon nach wenigen Tagen war es zu einem ansehnlichen schwarzen Hitlerbärtchen gediehen – und ein oder zwei Wochen später kam es mir fast so vor, als sei ich damit auf die Welt gekommen.

Ich bemerkte, daß sich die jüngeren Schitteckkinder, wenn sie meinen Bart sahen, heimlich mit dem Zeigefinger an die Stirn tippten. Doch das berührte mich genausowenig wie den Skinhead der Blick auf sein kahles Haupt. Hitler interessierte mich noch weniger als Caligula – einmal von der faszinierenden Frage abgesehen, wie es einem Verrückten gelingen konnte, die halbe Welt in Schutt und Asche zu legen. Kein Verrückter in den Irrenhäusern hat seine Mitmenschen jemals auch nur annähernd so erfolgreich vorgeführt wie er. Es vermittelte mir einfach die Gewißheit vollkommener innerer Unabhängigkeit.

Heutzutage glaube ich, daß es die glücklichsten Wochen meines Lebens waren, Tage geradezu unverschämten Hochgefühls. Der Regenbogen, mit dessen Erscheinen niemand mehr gerechnet hatte. Als habe man einen verkrusteten Panzer zerschlagen und darunter sei pulsierendes Leben sichtbar geworden...

Wie der Rest der Familie verbrachte ich die meiste Zeit damit, meinem Vergnügen nachzugehen. Wir lagen bis gegen Mittag in den Federn – das morgendliche Sirenengeheul brachte uns höchstens dazu, uns von einem der jüngsten Schittecks das Frühstück im Bett servieren zu lassen – gegen ein kleines Trinkgeld, versteht sich, denn es fiel keinem in der Familie ein, unentgeltlich Handreichungen zu machen.

Ich vergaß völlig meine Entdeckung in der großen Froschgrotte. Hitzacker wollte mich dringend sprechen, weil er nicht ohne Grund befürchtete, ich hätte meine Recherchen zu den Akten gelegt. Eines Abends ging er sogar so weit, vom Garten aus Steine gegen unser Schlafzimmerfenster zu werfen, und es brauchte einige Überredungskünste, um ihn wegzuschicken.

Ich vergaß die Schule (der Direktor sandte mir zwei Einschreibebriefe wegen meines Fehlens, die ich unbeantwortet ließ), und ich vergaß Xaveria, Lilo und Wanda, als hätten sie nie existiert. Ich tauchte in eine andere Dimension meines Bewußtseins ein, in der die Lust und das Laster regierten – was immer man darunter verstehen will, irgendeine spießbürgerliche Vorstellung von Moral, nehme ich an. Charlotte gestand mir, daß Dagmar im Bahnhofshotel einen Hang zu gewissen, nur schwer mit Namen zu benennenden Sexualpraktiken bei mir entdeckt haben wollte, an die ich mich genausowenig wie an den Rest unseres Beisammenseins erinnerte. Und um mich von meiner Amnesie zu befreien, probierten wir so ziemlich alles aus, was es auf diesem Gebiet zu entdecken gibt. Mit dem zweifelhaften Erfolg, muß ich gestehen, daß ich am Ende noch weniger wußte, was meine ursprüngliche sexuelle Verfassung gewesen sein könnte und bei welchen Spezialitäten ich erst durch Probieren auf den Geschmack gekommen war.

Da mit meinem Fernbleiben von der Schule auch meine Gehaltszahlungen aussetzten, wies Charlotte mich in die Kunst ein, alles Lebensnotwendige «durch der eigenen Hände Arbeit» zu beschaffen, und das war eine Fertigkeit, die nach ihrer Meinung zugleich Vergnügen bereiten mußte. Schnöder Ladendiebstahl langweilte sie. Diese Tätigkeit bekam erst Reiz, wenn es sich um Nerze, Diamantenkolliers oder komplette Hifi-Stereo-Anlagen handelte und unter den Augen des Geschäftsinhabers oder wenigstens eines Ladendetektivs geschah.

Anfangs spielte ich nur den seriösen älteren Begleiter für sie. Meine Aufgabe war es, den Verkäufer von seinen Waren abzulenken, indem ich quer durch das Geschäft zeigte und mich plötzlich für eine mit Diamanten besetzte Herrenarmbanduhr interessierte. Aber nach und nach kamen mir während unserer Raubzüge die Pausen, in denen ich nur freundlich nickend neben Charlotte stand und nachdenklich mit dem Zeigefinger meinen kleinen schwarzen Hitlerschnurrbart kratzend ihre bühnenreifen Fähigkeiten beim Verschwindenlassen von Gegenständen bis zur Größe eines goldenen Vogelkäfigs bewunderte, wie Zeiten eines vertanen Lebens vor. Und irgendwann bewies ich, daß ich ein gelehriger Schüler war, und zauberte, nachdem wir ein Juweliergeschäft in der Nachbarstadt verlassen hatten, einen ganzen Arm voller Rolexuhren unter dem Ärmel meines Anzugjacketts hervor. Der Bann war gebrochen. Die Leichtigkeit, mit der Menschen sich um ihren Besitz bringen lassen, vermittelte uns etwas von dem Lebensgefühl, das Piraten in früheren Jahrhunderten empfunden haben müssen, wenn sie nach einem erfolgreichen Raubzug in ihr Refugium zurückkehrten. Man nahm sich einfach, was man brauchte. War das nicht sogar die wahre Wirklichkeit hinter all unserer scheinheiligen Moral?

23 Freitag war der Tag, an dem die Schittecks ihre «weiße Messe» feierten (sie waren an einem Freitag eingezogen, und der Freitag sollte sich noch als Schicksalsdatum erweisen, denn es war auch der Tag meines ominösen fünfzigsten Geburtstags).

Der grüngelbe Schein, der damals aus dem Schitteckschen Wohnzimmerturm gefallen war, erwies sich als eine jener magischen Glaskugeln, in denen ein Edelgas vom Mittelpunkt aus grüne und gelbe Blitze zucken ließ. Diese hier war keine der kleinen Ausgaben, wie man sie gelegentlich in den Dekorationen gutausgestatteter Lampengeschäfte findet, sondern eine an der Decke hängende Spezialanfertigung von einem Meter Durchmesser. Sie feierten mit ihrem Gesang die Heraufkunft des ersten wahren rationalen Menschen. Aber die Art ihrer Liturgie gehörte zweifellos noch jener überholten religiösen oder metaphysischen Epoche an, für die man eigentlich mich in Anspruch genommen hätte. Elvira zelebrierte die Messe vor einem überdimensionalen, an die Wand projizierten Gehirn.

Das Gehirn symbolisierte die wachsende Kraft des Geistes. Die Schittecks, könnte man auch sagen, beteten statt eines Gottessohnes, der – wie Charlotte immer zu sagen pflegte – «wegen der schon peinlich wirkenden Grausamkeit seines Vaters» – ans Kreuz geschlagen worden war, die Kraft der grauen Zellen an. Sie verkörperten den Erfolg, den Sieg über die Dummheit und Magie, über die Rhetorik unserer sogenannten Moral und unsere schließliche Befreiung durch die Logik. Die Logik war die Morgenröte der Zukunft für sie, und der Satz des Widerspruchs ihr Vaterunser, das sie wie ein Gebet oder eine Folge von Mantras heruntermurmelten: *Es ist unmöglich, daß dasselbe demselben in derselben Beziehung zugleich zukommt und nicht zukommt…*

An einem dieser Freitage sah ich Dagmar zum ersten Mal wieder. Ihr Bauch war deutlich gewachsen. Sie saß neben Schitteck senior in der ersten Reihe und würdigte mich keines Blickes. Ich war nichts weiter als der Lieferant genetisch brauchbaren Materials für sie, als Mann schien ich sie genausowenig zu interessieren wie das Schwarze unter den Fingernägeln. Ihr bleiches, gepudertes Gesicht mit den rot geschminkten Wangen wirkte, als stamme es aus einem Wachsfigurenkabinett. Die Leblosigkeit ihrer Augen versetzte mir einen Stich.

«Dagmar sieht nur so schrecklich aus, weil sie unter Drogen steht», flüsterte Charlotte mir zu. «Elvira beherrscht die Kunst, ein möglichst förderliches Klima für das ungeborene Kind zu schaffen. Ihr Wissen stammt aus Südindien, es ist mehr als zweitausend Jahre alt.»

«Was denn – und wer garantiert mir, daß mein Sohn dadurch kein Vollidiot wird?»

«Du mußt einfach Vertrauen zu uns haben.»

«Leichter gesagt als getan, wenn ich mir Dagmars abwesenden Blick ansehe.»

«Die Drogen dienen nur dazu, eine Trennung zwischen Mutter und Kind herzustellen. Kinder nehmen schon im

Mutterleib wahr, was vorgeht. Sie hören Gespräche und registrieren Reaktionen der Mutter. Dagmar ist noch nicht reif genug, um keine Fehler zu machen. Also versetzt man sie besser in einen Zustand, in dem sie kein Risiko eingeht.»

Nach der Messe versammelte sich die Schitteckfamilie am Seeufer zum Picknick. Auf der Wiese zwischen den Obstbäumen wurden Decken ausgebreitet. Während wir aßen, sahen wir einen extravagant wirkenden älteren Knaben mit einem Metallkoffer in der Hand die Leiter zu Brookmanns Kellerlabor hinunterklettern. Er trug einen hellen Ziegenledermantel, und seine weißen Koteletten reichten ihm bis zu den Nasenflügeln.

«Diese Leute geben wohl niemals auf», sagte Charlotte ärgerlich.

«Das ist kein Polizeibeamter.»

«Nicht? Was denn sonst?»

«Ich habe den Mann schon mal bei einem Prozeß kennengelernt – er heißt Albert Gruchulsky und arbeitet als Privatdetektiv.»

«Und wer hat ihn beauftragt, hier herumzuschnüffeln?

«Hitzacker wird geplaudert haben, nehme ich an.»

«Geplaudert? Was soll das heißen?»

«Er sollte eigentlich meine Recherchen abwarten. Aber seitdem ich zu euch gezogen bin, geht das Gerücht um, ich würde mit euch unter einer Decke stecken.»

«Welche Recherchen denn, Paul?»

Ich griff in meine Jackentasche und zeigte ihr Brookmanns Goldzahn.

«Was ist das?»

«Kürzlich wurde eine Leiche mit dem Gebiß Brookmanns im Fluß gefunden.»

«Mein Vater hat davon gesprochen, ja.»

«Dies ist der fehlende Zahn aus seinem Gebiß.»

«Na und?»

«Er beweist, daß Brookmann gar nicht im Fluß ertrunken sein kann.»

«Nicht im Fluß, sondern?»

«In einem unterirdischen See ganz in der Nähe.» Ich zeigte unbestimmt nach Norden.

«Na, und wenn schon, wie bedauerlich. Aber es wäre nicht weniger tragisch für ihn gewesen, wenn er im Fluß ertrunken wäre, oder? Und was hat das alles mit uns zu tun?»

«Nehmen wir mal an, deine Familie wäre der Nutznießer dieses Verbrechens. Und nehmen wir weiter an, jemand von euch hätte den Mord an Brookmann begangen, um sich in den Besitz des Hauses zu bringen und sein Erbe anzutreten…»

«Im Ernst, Paul, das traust du uns zu?»

«Der See in der Froschgrotte besteht aus neunundneunzigprozentigem Super-Plus-Additiv, das stark zersetzend ist. Es könnte von zwei großen Betriebsunfällen stammen, bei denen etwa dreihundert Hektoliter ins Grundwasser gelangt sind. Brookmann ist entweder absichtlich in den See gestoßen worden oder bei seinen Versuchen hineingefallen. Für die erste Version spricht, daß man seine angebliche Leiche im Fluß gefunden hat. Und für die Annahme, es könnte jemand gewesen sein, der von seinem Tod profitiert, gibt es einen sehr plausiblen Grund.»

«So, welchen denn?» fragte Charlotte und sah mich ausdruckslos an.

«Um Brookmanns Erbschaft anzutreten, muß sein Tod amtlich bestätigt werden. Keine Leiche, keine Erbschaft. Jemanden ohne Leiche für tot zu erklären, kann Jahre dauern – zu lange für eine Familie, die dringend ein neues Zuhause braucht.»

«Ich finde, du machst es dir etwas zu leicht mit deinen Verdächtigungen.»

«Die Leiche im Fluß war ein Fehler.»

«Und jetzt schnüffelt dieser Gruchulsky hier herum…»

«Keine Angst, ich habe Hitzacker nicht alles gesagt.»

«Du hast…» Sie sah mich unsicher an.

«Die Kastagnetten. Als Kurt fast ertrunken wäre, spielte einer von deinen Brüdern mit einem Goldgebiß Kastagnetten.»

«Wenn Hitzacker zur Polizei ginge, könnte er uns durch seine ungerechtfertigten Verdächtigungen leicht in große Schwierigkeiten bringen», sagte Charlotte und bearbeitete unschlüssig ihre Unterlippe mit den Schneidezähnen.

«Ich denke, wenn er klug ist, wird er erst einmal Gruchulskys Ermittlungen abwarten.»

Am nächsten Tag erhielt ich einen Brief der Kanzlei der EKD, in dem mir als evangelischem Religionslehrer dringend nahegelegt wurde, «mein Äußeres auf das Tragen von Symbolen aus der Hitlerzeit» zu überprüfen. Eine Kopie des Schreibens war an meine Schule und das Kultusministerium gesandt worden. Wir sonnten uns gerade auf der Veranda und sahen dem Spiel der Windkrafträder zu.

«Sind das deine Vorgesetzten, Paul?» fragte Charlotte, als sie den Brief gelesen hatte.

«Wie man's nimmt. Mein unmittelbarer Vorgesetzter ist der Rektor.»

«Aber die Meinung und Fürsprache der EKD bleibt nicht ohne Einfluß auf deine Karriere?»

«Das kann man wohl sagen.»

«Und was wirst du jetzt tun?»

«Ich werde mir auf keinen Fall vorschreiben lassen, welche Bartmode ich trage.»

«Ausgezeichnet...»

Charlotte benutzte das Schreiben mit dem Briefkopf der Evangelischen Kirche, um uns daraus einen Superjoint aus bestem marokkanischem Marihuana zu drehen, dem eine Spur Opium beigemischt war.

Wir beobachteten gemeinsam, wie die bläuliche Flamme über den Briefkopf züngelte – und dabei schien es mir fast so, als werde damit auch das, was von meiner einstigen Religiosität übriggeblieben war, zu schlichtem blauem Qualm und steige wie eine auf der Erde entbehrlich gewordene Seele in den unendlich großen Himmel der menschlichen Illusionen auf...

24 Gruchulsky erwies sich als eher lästiger Vertreter seiner Spezies. Keine Spur von vornehmer Zurückhaltung oder vom edlen Stadtrittertum eines Philip Marlowe; aber auch nicht von der Schlitzohrigkeit Hercule Poirots. Wenn wir am Seeufer lagen, konnten wir sicher sein, daß er irgendwann sein leicht gerötetes Gesicht unter unseren Sonnenschirm steckte, um uns in eine – wie er annahm – «unverfänglich wirkende Plauderei» zu verwickeln. Seine übergroße Höflichkeit stand in krassem Gegensatz zur Hartnäckigkeit, mit der er uns Fragen über Brookmanns Vergangenheit stellte.

«Und Sie denken nicht, er habe einen Durchbruch in der Wasserveredelung erzielt?» – «Glauben Sie, daß er Nichtschwimmer war?» – «Ging er jemals nachts im See oder in den Grotten baden?» – «Fehlte seinem Gebiß ein goldener Schneidezahn?» – «Wann haben Sie ihn zum letzten Mal mit seinem vollständigen Goldgebiß gesehen?»

«Er beginnt mir langsam auf die Nerven zu gehen», sagte Charlotte, und dabei sprach sie so laut, daß sich Gruchulsky eigentlich hätte vor den Kopf gestoßen fühlen müssen. Aber Grobheiten oder Beleidigungen schienen in Alberts Kosmos nicht vorzukommen. Sein verbindliches Lächeln nahm höchstens noch um einige Grade zu.

Die nächste Etappe seiner Ermittlungen bestand darin, ständiger Gast bei den Schittecks zu werden und Elvira den Hof zu machen. Allerdings vermied er es sorgfältig, seinem Namensvetter Albert auch nur den geringsten Anlaß zur Eifersucht zu geben. Gruchulsky empfahl sich als verständnisvoller «Hausfreund».

«Lassen wir doch einfach einen guten alten Brauch wiederaufleben, Elvira», war sein Standardspruch, wenn die Rede auf seine Besuche kam.

Sein Hauptverdächtiger schien Schitteck senior zu sein, das konnte ich unschwer an seinen Blicken erkennen. Sobald er sich unbeobachtet fühlte, taxierte er ihn wie ein abschußreifes Wild. Er brauchte etwa drei Tage, ehe er es wagte, unauffällig jeden Raum im Hause einer sorgfältigen Inspektion zu unterziehen – Schittecks Warenlager eingeschlossen, dessen Existenz er nur mit wortlosem Kopfschütteln kommentierte. Am vierten Tag warf Charlotte ihn hinaus.

«Glaubst du, das war geschickt?» fragte ich zweifelnd. «Er könnte einen Bericht über Alberts Diebeslager für die Polizei anfertigen.»

«Er wird auf jeden Fall einen Bericht anfertigen.»

Seitdem tauchte er zu jeder Tages- und Nachtzeit wie ein Gespenst vor uns am Seeufer auf. Das Haus war ihm versperrt, also hatte er sich als guter deutscher Landser so weit ins Gelände zurückgezogen, wie es die militärische Lage erforderte. Ich wäre nicht überrascht gewesen, ihn nachts mit einem Tarnzweig auf dem Kopf und geschwärztem Gesicht durch unser Schlafzimmerfenster blicken zu sehen. Elvira reagierte auf seine Anschleichkünste mit kleinen Schreckensschreien; ihre Großmutter dagegen war weniger zartfühlend, sie gebrauchte einfach ihren Spazierstock, um ihn zu verjagen.

Aber niemand hätte behaupten können, daß sich die Schittecks ernsthaft beim immerwährenden Fest des Lebens von Gruchulsky stören ließen. Dazu waren sie viel zu sehr mit dem Konsum beschäftigt. Die moderne Hifi- und Fototechnik zielt darauf ab, den Käufer schon durch die Ästhetik ihrer Apparate in den Bann zu schlagen. Die Schittecks waren zwar niemals «Käufer» im strengen Sinne des Wortes. Aber das bedeutete nicht, daß sie sich für die Reize der Konsumgesellschaft unempfänglich zeigten. Ein unbefangener Besucher hätte durchaus glauben können, er befinde sich auf einer Messe der neuesten High-Tech-Produkte.

Es gab praktisch keinen Augenblick im Hause der Schittecks, an dem nicht irgendeine Party oder wenigstens ein kleiner Imbiß stattfand. Das führte zwangsläufig dazu, daß fast alle Mitglieder der Familie Übergewicht hatten. Charlotte war davon die rühmliche Ausnahme. Sie verzehrte Berge von *Pontechelly-Pralinen*, ohne dick zu werden.

Vater Schitteck ließ sich zwar manchmal zu der Mahnung hinreißen, in Kanada sei kürzlich ein Kind an überfülltem Magen geplatzt. Aber auf erzieherische Maßnahmen reagierten die Kleinsten der Schittecks wie Allergiker. Entweder bekamen sie vor Abscheu und Entsetzen Hautausschlag und Atemnot, oder sie stimmten sofort gemeinsam in jenes traditionelle Kinderlied der Schittecks ein, das jedem Erziehungsberechtigten unmißverständlich signalisierte, was von seinen pädagogischen Versuchen zu halten war:

Der liebste Platz
den ich auf Erden hab
das ist die Rasenbank
am Elterngrab...

Gruchulskys Versuche, die Schittecks des Mordes zu überführen, nahmen eine unerwartete Wendung, als es ihm gelang, bis zur Geschäftsleitung der Kleiber-Chemie vorzudringen. Brookmann hatte dort immer als ideologischer Gegner gegolten. Sein Tod im Super-Plus brachte die Kleiber-Chemie in den peinlichen Verdacht, er sei nicht ganz zufällig ausgerechnet in jenem Stoff ums Leben gekommen, der schon zweimal Gegenstand unserer abgeschmetterten Klagen gewesen war.

Nach Brookmanns Theorie wurde das Additiv vom Gelände des Chemiewerks ins Grundwasser gespült. Gruchulskys Verdächtigungen brachten die Techniker der Kleiber-Chemie dazu, für diese Behauptung den Gegenbeweis anzutreten. Das Super-Plus konnte wegen seines Reinheitsgrades unmöglich durchs Erdreich gesickert sein. Und nachdem Gruchulsky das Gelände von BIO-ZWEI einer genauen Inspektion unterzogen hatte, erschien er eines Nachmittags an unseren Sonnenliegen, um uns das Ergebnis seiner Recherchen mitzuteilen.

Charlotte war gerade dabei, den Inhalt unseres Picknickkorbs auszupacken.

«Paul», sagte er so leise, daß Charlotte es nicht hören konnte, und beugte sich dabei verschwörerisch blinzelnd über meine Schulter. «Sie sind doch der Initiator, Sie haben den Stein ins Rollen gebracht und Brookmanns herausgebrochen Schneidezahn in der Grotte entdeckt – also sollte es Sie auch interessieren, was ich herausgefunden habe…»

«Na, dann schießen Sie mal los. Ich höre.»

«Auch wenn Sie sich jetzt den Anschein geben, als ginge Sie das alles nichts mehr an.»

«Als ginge ihn was nichts mehr an?» fragte Charlotte. Rottweiler Schitteck kam schnüffelnd am Seeufer entlang, entdeckte Gruchulsky und stellte seine Nackenhaare hoch. «Ruhig, Schitteck – Platz.» Charlotte packte ihn beim Halsband und drückte seine Schnauze zu Boden. «Sie haben einen schlechten Einfluß auf Tiere, Albert. Kann es sein, daß Sie öfter von Hunden gebissen werden?»

«Wenn das eine Drohung sein soll?» Gruchulsky griff gequält lächelnd in seine Jackentasche und zeigte uns eine Spraydose mit Tränengas. «Ich muß Sie darauf aufmerksam machen, daß ich bewaffnet bin.»

«Reden wir lieber von Ihrer Entdeckung, Albert», schlug ich vor.

«Ich würde gern unter vier Augen mit Ihnen darüber reden.»

«Und warum, wenn ich fragen darf? Ich habe keine Geheimnisse vor Charlotte.»

«Wieso Charlotte?» sagte er. «Ihre Freundin heißt doch Tanja?»

«Er nennt mich Charlotte, weil ich wie die Rampling aussehe», sagte Charlotte. «Und wissen Sie auch, was er mir dauernd mit feuchter Zunge ins Ohr sabbert? *Charlotte, Licht meines Lebens, Feuer meiner Lenden. Meine Sünde, meine Seele. Char-lot-te: die Zungenspitze macht drei Sprünge den Gaumen hinab und tippt bei Drei gegen die Zähne. Char.Lot.Te.* Das ist ein Zitat aus einem berühmten Roman. Er hat nur den Namen des Mädchens ausgetauscht.»

«Also auf Ihre eigene Verantwortung, Paul. Es betrifft nämlich Tanjas Schwester. Brookmann starb in der sogenannten großen Froschgrotte, soviel ist sicher. Jedenfalls hat er sich nicht im Fluß das Leben genommen. Und alles, was von ihm im Super-Plus übrigblieb, war sein Goldgebiß.»

«Vorsicht, Albert. Das ist eine ziemlich gewagte Schlußfolgerung. Brookmann hatte bei unserer letzten Monatssitzung geschworen, nicht eher wieder sein Goldgebiß zu tragen, als bis der Dr.-Clemens-Kleiber-Bach so sauber wie Trinkwasser sei. Und es gibt keinen Hinweis darauf, daß ihm das gelungen war.»

«Er trug sein Goldgebiß, weil er eine Rendezvous hatte.»

«Ein Rendezvous?» fragte ich überrascht.

«Brookmann traf sich mit Dagmar in der Froschgrotte. Oder würden Sie Ihr Mädchen ohne Zähne küssen wollen?»

«Nein, allerdings nicht.»

«Dagmar wünschte sich von ihm ein Kind. Sie hat den Spleen, nur mit intellektuell besonders hochstehenden Männern zu kopulieren, und sie hielt Brookmann für jemanden, der diese Bedingung erfüllte.»

«Hm, das klingt allerdings interessant...»

«Ich finde, die Art, wie Sie über meine Schwester reden, ist eine Unverschämtheit», sagte Charlotte. «Schitteck, *Platz*... also, Sie sehen ja, wie der Hund auf Ihre Frechheiten reagiert. Wenn Sie so weitermachen, kann ich nicht mehr für Ihre Sicherheit garantieren.»

«Und was passierte beim Stelldichein in der Grotte?» erkundigte ich mich.

«Es kam zum Streit.»

«Zum Streit, weswegen?»

«Nachdem Brookmann mit Dagmar im Fackellicht am Seeufer geschlafen hatte, wollte sie, daß sie gemeinsam schwimmen gingen.»

«Wie romantisch – das Liebespaar nimmt nach vollzogener Vereinigung ein Bad im See.»

«Verstehen Sie mich richtig, Paul, es war eine Hinrichtung. Dagmar selbst hätte nicht einmal eine Zehenspitze ins Wasser gesetzt. Natürlich wollte sie ihrem Geliebten den Vortritt lassen. Das Männchen hatte seinen Zweck erfüllt, die Schwängerung, und nun war es wertlos für sie geworden. Oder genauer gesagt: Jetzt stand der Punkt ‹Erbschaft› auf dem Plan. Aber Brookmann hatte in jener Nacht partout keine Lust, mit ihr ins Wasser zu steigen.»

«Weil er nicht schwimmen konnte? Oder weil es ihm zu kalt war?»

«Bitte, Paul, das ist kein Thema für Scherze.»

«Also stieß Dagmar ihn kurzerhand hinein, als er sich weigerte, wollen Sie sagen?»

«Brookmann merkte schnell, daß es nicht mehr dieselbe Flüssigkeit war, die er von seinen Analysen kannte – nämlich schwach mit Super-Plus kontaminiertes Grund- und Regenwasser. Der See bestand jetzt aus fast reinem Super-Plus-Additiv, und ich habe auch herausgefunden, wie es in die Grotte gelangt ist. Er versuchte ans Ufer zu klettern. Doch Dagmar stieß ihn immer wieder mit der Teleskopstange zurück, die er sonst zum Schöpfen seiner Wasserproben benutzte. Dabei schlug sie ihm einen Goldzahn aus...»

«Und woher wollen Sie alle diese bemerkenswerten Neuigkeiten erfahren haben?» erkundigte sich Charlotte. «Waren Sie etwa dabei?»

«Als ich Ihre Mutter besuchte, hatte ich Gelegenheit, einen Blick in Dagmars Tagebuch zu werfen. Sie zog gerade wegen ihrer Schwangerschaft in ein Zimmer neben Ihrer Großmutter um, weil sie bis zur Geburt des Kindes unter Aufsicht stehen sollte. Und beim Packen war das Buch aufgeschlagen auf dem Tisch liegengeblieben.»

«Diese nichtsnutzige kleine Schlampe. Sie haben nur hineingesehen? Oder ist es noch in Ihrem Besitz?» fragte Charlotte lauernd.

«Ihre Schwester riß das Blatt heraus und aß es auf, als sie mich bei der Lektüre entdeckte.»

«Also gibt es keine Beweismittel? Sie haben illegal in unserem Haus herumgeschnüffelt, und in Ihrem Übereifer ist wahrscheinlich etwas die Phantasie mit Ihnen durchgegangen? Sie könnten das alles auch geträumt haben?»

25

Es wäre wohl zuviel gesagt, wenn ich behaupten würde, daß ich mich ohne Schwierigkeiten als gelehriger Schüler der Schittecks erwies. Was den Genuß anbelangt, lernte ich sicher vieles von ihnen, das einem gewöhnlichen Sterblichen auf immer verschlossen bleibt.

Zum Beispiel, wie unsere unselige Neigung, uns für das Negative im Leben zu interessieren, schließlich zur Verkümmerung aller positiven Möglichkeiten führt und den Gefühlshaushalt aus dem Gleichgewicht bringt.

Ich lernte meinen Geist darauf einzustellen, das Negative entweder selbst als Genuß zu betrachten oder es nur soweit zuzulassen, wie es sich als Mittel eignet, um Irrtümer und Fehlschläge zu verhindern. Trotzdem brauchte ich mehr als zwei Wochen, ehe ich mich endlich dazu durchringen konnte, aus der Kirche auszutreten. Ich nahm etwas an Gewicht zu, mein niedriger Blutdruck und mein Mineralstoffmangel verschwanden ebenso wie meine Neigung zu Allergien. Am schwersten aber fiel es mir, auch meine geheiligtste Bastion über Bord zu werfen: den Irrglauben, es komme im Leben vor allem darauf an, die Welt zu *verstehen*, anstatt sie zu *genießen*.

Die Schittecks verkörperten das genaue Gegenteil von allem, was ich bisher für gut und vernünftig gehalten hatte. Nichts ist so verführerisch wie Nachahmung, und ich brauchte nur aus dem Fenster unseres Hauses zu sehen, um die ungehemmte Lebenslust der Schittecks mit dem zu vergleichen, was man dort draußen Leben nannte – eine Kette trister Tage mit Vertröstungen auf die Zukunft, die Verwaltung des Mangels.

Daß Brookmanns goldener Schneidezahn irgendwann aus meiner Jackentasche verschwunden war, ließ mich genausowenig argwöhnen, jemand habe ein Beweismittel verschwinden lassen, wie ich bei Charlottes ausweichenden Antworten Verdacht schöpfte, wenn ich sie fragte, ob sie ihrer Schwester ein Verbrechen wie das an Brookmann zutraue.

Aber irgendwann rang sie sich doch noch zu einer gequälten Antwort durch: «Ich traue uns Schittecks alles zu, Paul. Bloß würde es diesmal keinen Sinn machen. Du hast wohl vergessen, daß ein Abschiedsbrief wegen seines Freitods und ein handgeschriebenes Testament existieren, wonach er den Schittecks sein Haus und seinen Anteil an BIO-EINS vererbt? Glaubst du wirklich, er hätte das alles noch schnell vor seinem Sturz ins Wasser zu Papier gebracht?»

«Und die Eintragung in ihrem Tagebuch?»

«Hirngespinste eines dummen kleinen Mädchens.»

«Aber ich kann mir kaum vorstellen, daß Gruchulsky diese Geschichte erfunden hat.»

«Dagmar ist eine manische Tagebuchschreiberin, sie neigt schon seit ihrer Kindheit dazu, ihre Tagträume zu Papier zu bringen.»

«Auch Gewaltphantasien, in denen sie ihren Liebhaber umbringt?» fragte ich zweifelnd.

«Manchmal kann sie einfach nicht zwischen Phantasie und Realität unterscheiden.»

Danach vergaß ich den Zwischenfall. Mein Unterbewußtsein hatte einfach beschlossen, ihre Erklärung als ausreichend anzusehen. Ich wurde erst wieder an den Fall erinnert, als es eines Abends an der Haustür der Schittecks läutete.

«Paul?» rief Schitteck senior durch das Treppenhaus nach oben. «Besuch für Sie.»

Mit diesen – harmlos scheinenden – Worten begann, so könnte man wohl sagen, der unerfreuliche zweite Akt des Dramas.

Hitzacker hatte alle Mitglieder von BIO-EINS aufgeboten, um mich zur Vernunft zu bringen, wie er es zweifellos genannt hätte. Selbst Wanda mit ihren Typhusflecken war sich nicht zu schade gewesen, von der Chaiselongue in meinem Arbeitszimmer aufzustehen, um mir ihre Aufwartung zu machen.

«Nanu», sagte ich. «Womit hat der verlorene Sohn der Kommune denn diese unverhoffte Ehre verdient?»

Klein legte verschwörerisch seinen Zeigefinger vor die Lippen und deutete mit dem Kinn auf Schitteck senior, der hinter mir im Treppenhaus auftauchte.

«Kann ich dich einen Moment unter vier Augen sprechen, Paul?» fragte Hitzacker. Er nahm mich beiseite, und wir gingen ein Stück an der Hauswand entlang. «Gruchulsky ist verschwunden.»

«Was heißt verschwunden? Du meinst...?»

«Sein Büro steht seit vier Tagen leer. Seine Sekretärin hat keinen Schimmer, wo er steckt, obwohl er sonst immer eine Nachricht hinterläßt. Man könnte glauben, er hätte sich in Luft aufgelöst.»

«Oder in Super-Plus?»

«Ich war unten in der Grotte. Aber jemand scheint ein paar Zentner Kalk oder Gips in den See geschüttet zu haben. Das Wasser ist jetzt so undurchsichtig, daß man nichts mehr vom Grund erkennen kann.»

Wir kehrten zu den anderen am Hauseingang zurück. Schitteck senior befand sich gerade in einem Disput mit Kleins Frau wegen der nächtlichen Rockmusik seiner Töchter. Es hatte leicht zu regnen begonnen, und das Wasser verdampfte über den gleißend hellen Scheinwerfern, die vor uns den See und das Haus beleuchteten.

«Großer Gott, Paul», sagte Xaveria, «nimm doch endlich diesen scheußlichen Bart ab. Und sieh dir bloß an, wie durchgescheuert deine Socken sind. Du bist ja vollkommen verwahrlost.»

«Also, wir möchten dich alle dringend bitten, endlich wieder Vernunft anzunehmen», sagte Klein. «Wir glauben, daß die Schittecks einen schlechten Einfluß auf dich haben.»

«Was heißt Vernunft? Mir geht es ausgezeichnet.»

«Du hast Ringe unter den Augen, und deine Hände zittern», widersprach Xaveria.

«Wir glauben, daß dauernder Drogenkonsum bei deiner angeschlagenen Gesundheit ein zu großes Risiko darstellt», sagte Lilo.

«Drogenkonsum? Welche Drogen?»

«Gestern nacht bist du auf einem alten Holzkahn über den See gefahren und hast Gitarre gespielt. Du warst nur mit einem Nachthemd bekleidet und hattest dir einen roten Seidenschal um die Stirn gebunden.»

«Großer Gott, ich dachte, jetzt wärst du endgültig übergeschnappt», sagte Xaveria.

«Würden Sie auch meinen, Albert, daß ich einen angeschlagenen Eindruck mache?» erkundigte ich mich an Schitteck senior gewandt.

«Ganz im Gegenteil, Paul.» Er spuckte verächtlich seinen Zahnstocher auf den Boden. «Sie sind besser in Form denn je.»

«Wer hätte von Ihnen auch eine andere Antwort erwartet», sagte Lilo.

«Paul führt nächtelang weltanschauliche Gespräche mit meinem Sohn Lutz. Sie reden über Fragen wie Selbsterkenntnis und Willensfreiheit. Glauben Sie im Ernst, daß sich ein Mensch, der am Ende ist, für solche Themen interessieren würde?»

Hitzacker nahm mich noch einmal beiseite und sagte so leise, daß die anderen es nicht hören konnten: «Xaveria erwägt sogar, dich entmündigen zu lassen, Paul. Es ist verdammt noch mal höchste Eisenbahn, endlich zur Vernunft zu kommen.»

«Das sieht ihr wieder ähnlich – wahrscheinlich hat ihre Mutter ihr eingeredet, Vegetarier und Geisteskranke seien ein und dasselbe.»

«Na, von Vegetarier kann ja bei dir wohl keine Rede mehr sein», erklärte er amüsiert grinsend. «Ich habe euch vorgestern abend am Seeufer beim Grillen beobachtet.»

«Selbst der Papst hat keine moralischen Probleme, ab und zu ein fromm dreinblickendes Kälbchen oder Lamm zu verspeisen.»

«Und deine Arbeit an der Schule?»

«Keiner von diesen kleinen Teufeln interessiert sich auch nur die Bohne für das, was ich sage.»

«Xaveria könnte dir helfen, wieder auf die Beine zu kommen. Ich meine, sie gibt zu, daß sie Fehler gemacht hat. In so einer Lage soll die Liebe einer Frau wahre Wunder wirken.»

«Mir kann nur noch ein Atomkrieg helfen.»

«Es ist immer dasselbe», sagte er kopfschüttelnd. «Sind erst mal die Ideale weg, bleibt nur noch Zynismus übrig.»

26

Ich verbrachte die nächste Zeit damit, eine Bestandsaufnahme meines Lebens zu machen. Ich stand vier Tage vor meinem fünfzigsten Geburtstag, und das ist weiß Gott kein schlechtes Datum dafür.

Eine Zeitlang dachte ich sogar daran, ein Bekennerschreiben an die örtliche Presse zu richten, in dem ich die Existenz des schwarzgrau melierten Kohlenfroschs als bloßen Werbetrick offenbarte. Und dies nicht etwa nur aus neu erwachter Moralität oder um mich aus einem Gewissenskonflikt zu befreien, sondern einzig und allein, um mir selbst zu beweisen, wie wenig mir inzwischen die Meinung der Öffentlichkeit bedeutete – wie leicht es mir fiel, mich über ihr Urteil hinwegzusetzen.

Aber dann verwarf ich den Gedanken auch schon wieder als genauso überflüssig wie ein fünftes Rad am Wagen. Wer wahre innere Unabhängigkeit erlangt hat, muß sich nichts durch Bekenntnisse beweisen.

Albert Gruchulsky blieb verschwunden. Die Polizei ließ den unterirdischen See in der Grotte auf Anraten Hitzackers von der Feuerwehr mit einem Schleppnetz aus Draht durchsuchen, ohne den geringsten Hinweis auf seine Leiche zu finden. Nach Hitzackers Versuchen im Labor zersetzten sich Kotelettknochen in konzentriertem Super-Plus-Additiv innerhalb von wenigen Tagen. Man konnte davon ausgehen, daß sich ein menschliches Skelett ganz ähnlich verhielt.

Aber diese makabere Vorstellung hinterließ eher zwiespältige Gefühle bei mir. Einerseits sagte mir mein Instinkt, daß jemand, der Brookmann auf dem Gewissen hatte, auch nicht davor zurückschrecken würde, Albert Gruchulsky zu beseitigen, wenn er zu gefährlich wurde. Andererseits wehrte ich mich wohl dagegen, den Schittecks bei allem Hang zum Wohlleben und Vergnügen soviel Skrupellosigkeit zuzutrauen.

Eines Nachts, ich glaube, es war zwei Tage vor meinem Geburtstag, hörte ich, wie wieder jemand Steinchen gegen unser Schlafzimmerfenster warf. Charlotte lag auf der Seite und atmete tief und gleichmäßig, als schliefe sie. Ich stand auf und schob die Gardine beiseite.

Hitzacker winkte mir vom Bootssteg aus zu und bedeutete mir herunterzukommen.

Ich öffnete vorsichtig das Fenster, damit Charlotte nicht geweckt wurde.

«Die Pipeline – ich habe herausgefunden, wie es passiert ist», rief Hitzacker herauf. «Es sind die Rohre über dem Hohlweg, Paul.»

Charlotte drehte sich hinter mir im Bett auf den Rücken und fragte: «Wer ist...? Hat da draußen nicht jemand gesprochen?»

«Vom Fenster aus ist niemand zu sehen. Ich werde hinuntergehen und nachsehen», sagte ich und zog meinen Morgenmantel an.

«Sei bitte vorsichtig, Liebster.»

Als ich durch die Halle ging, hörte ich von oben Schritte. Deshalb trat ich schnell hinter eine der großen schwarzen Steinfiguren, die mich immer an urzeitliche Priester- oder Göttergestalten erinnerten. Doch die Schritte auf der Treppe verstummten, als ich mich nicht rührte.

Ich ging langsam zur Haustür und drückte die Klinke. Zum Glück war sie nicht verschlossen. Dann sah ich noch einmal zur Treppe hinauf. Irgend jemand stand dort oben im Dunkel des Aufgangs, aber ich konnte nicht erkennen, wer es war.

Draußen bog ich schnell in den von hohem Schilf gesäumten Weg zum Ufer ein.

Hitzacker erwartete mich hinter einem umgestülpten Blechkahn.

«Laß uns lieber hinunter zum See gehen», sagte ich. «Ich glaube, ich werde verfolgt.»

Wir gingen am Seeufer entlang und bogen dann in den etwa hundertfünfzig Meter langen Hohlweg zu BIO-ZWEI ein, über den zwei Reihen dicker Rohre in die benachbarte Entsorgungsstation und zur Raffinerie laufen.

Hitzacker blieb stehen und deutete in der Dunkelheit auf die weißummantelten Kunststoffrohre. «Siehst du die Rohre da oben? Sie transportieren Super-Plus-Additiv. Wer auch immer den unterirdischen See mit dem Zeug gefüllt hat – er brauchte es nur aus den Rohren abzuleiten.»

Wir kletterten die Abkürzung an den Betonpfeilern entlang zum Eingang der Grotte hinauf.

Von dort aus führte eine schmaler Trampelpfad zum unterirdischen See hinunter. Und als ich die von außen nach innen verlaufenden grünblau schillernden Rinnen im

Fels sah, die so dick wie menschliche Körper waren, wurde mir schlagartig klar, daß sie nicht nur Regenwasser ins Innere der Grotte geleitet hatten.

«Man muß nur den Stutzen unter dem Überdruckventil im Rohr öffnen», sagte Hitzacker. «Dafür braucht man allerdings ein Spezialwerkzeug.»

«Eine große Wasserpumpenzange?»

«Nein, einen zweiundsechziger Schlüssel. Sieh dir die Größe der Schrauben an. So was bekommt man nur in Spezialgeschäften für Baubedarf. Die Sicherung wurde eingebaut, weil die Säure hier bei einem Rohrbruch am gefahrlosesten abzuleiten wäre.»

«Und in der Kleiber-Chemie hat man nie etwas von den Verlusten bemerkt?»

«Was spielen schon ein paar tausend Liter für eine Rolle bei den Mengen an Treibstoff, die in der Raffinerie umgesetzt werden.»

«Laß mich nachdenken», sagte ich und kletterte zum Ventil hinauf, um mir die Schrauben am Auslaßstutzen anzusehen. «Wenn jemand das Additiv umgeleitet hat, dann ist damit auch bewiesen, daß es sich um vorsätzlichen Mord handelt, oder? Selbst wenn Dagmar behaupten würde, sie habe Brookmann nur im Streit in den See gestoßen – warum sollte man das Super-Plus-Additiv in die Grotte umleiten wollen, wenn es sich nicht von Anfang an um eine abgekartete Sache handelte?»

«Das sind genau die Überlegungen, die auch Gruchulsky angestellt haben muß.»

Ich ließ Hitzacker durch die Hintertür in Brookmanns Kellerlabor ein. Die Schittecks feierten an diesem lauwarmen Sommerabend draußen am See. Der Schein ihres riesigen Lagerfeuers beleuchtete die umliegenden Hügelkuppen wie ein Großbrand. Er hatte ein paar Spezialschlüssel aus seinem Werkzeugkasten mitgebracht, um die immer gut verschlossenen Türen der Schittecks zu öffnen. Wir hofften bei der Durchsuchung des Hauses Hinweise auf Brookmanns Tod zu finden, aber ich hätte kaum sagen können, wonach wir suchen sollten. Hitzacker nahm sich Schittecks Werkstatt neben dem Warenlager vor, während ich mich um die Zimmer seiner ältesten Söhne kümmerte. Lutz' Studierstube machte einen aufgeräumten Eindruck, seine Hefte lagen ordentlich auf dem Schreibtisch ausgebreitet, und die Bücher in den Regalen waren sorgfältig nach Sachgebieten und Autoren geordnet. Als ich sein Zimmer wieder verlassen wollte, fiel mein Blick auf einen Zeitungsausschnitt, der aus seinem Notizbuch ragte. Ich zog das Blatt heraus, um es mir anzusehen. Die Überschrift des Artikels lautete: *Leiche verschwunden.*

Und der Rest des Textes war nicht weniger aufschlußreich: *Die Polizei steht vor einem Rätsel. Gestern abend wurde die Leiche des fünfundvierzigjährigen Stadtstreichers Peter M. aus der Leichenhalle des Zentralfriedhofs entwendet. Das Motiv der Tat ist unklar.*

Die Leiche im Fluß, dachte ich. Was hätte ihn sonst dazu bewegen sollen, den Zeitungsausschnitt aufzubewahren? Ich steckte das Blatt ein und machte mich daran, die Räume nebenan zu untersuchen. Kurts Zimmer erinnerte eher an ein Schlachtfeld. Für einen Klassenprimus war er bemerkenswert unordentlich. An den Wänden hingen großformatige Blätter seiner Handschriftenkopien.

Und plötzlich wußte ich, wonach ich zu suchen hatte – es war, als hätten Charlottes Bemerkung über Brookmanns Abschiedsbrief und sein handgeschriebenes Testament und Kurts Fähigkeiten als Schriftenimitator in meinem Unterbewußtsein nur noch durch die Entdeckung seiner Übungsbögen zusammengebracht werden müssen…

Ich begann fieberhaft seine Mappen und Hefte zu durchsuchen. Die Übungsblätter mit Brookmanns Handschrift lagen unter den Proben, die Kurt für seine Schularbeiten benutzte. Er hatte – das war das Geheimnis seines Erfolgs – einfach so lange in Brookmanns Aufzeichnungen gesucht, bis er für jedes Wort seines Abschiedsbriefes und des Testaments ein Beispiel besaß. Er kopierte ganze Worte statt einzelner Buchstaben. Das machte es den Schriftenexperten der Polizei noch schwerer, die Papiere beim Vergleich als Fälschungen zu entlarven.

Als ich die Übungsblätter in den Schreibtisch zurückräumte, hörte ich vom Korridor ein Geräusch.

Hitzacker stand in der Tür und hob einen Schraubenschlüssel hoch.

«Sieh dir an, was ich in Schittecks Werkstatt gefunden habe – einen zweiundsechziger Schlüssel. Genau die Größe, die man für das Ventil an den Rohren braucht.»

«Brookmanns Ermordung scheint echtes Teamwork gewesen zu sein. Ich habe gerade in Kurts Schreibtisch die Unterlagen gefunden, mit denen seine Handschrift für das Testament und den Abschiedsbrief gefälscht wurde.»

«Eine ganze Familie, die auf Raubzüge geht», sagte er. «Und sie spannen sogar ihre Kinder dafür ein.»

Ich warf einen Blick aus dem Fenster zum Seeufer hinunter. «Du solltest jetzt lieber verschwinden. Schitteck löscht gerade das Lagerfeuer.»

Während ich Hitzacker durch den Hintereingang hinausbrachte, wurde über uns ein Fenster geöffnet. Aber als ich nach oben blickte, sah ich nur noch, daß die spiegelnde Scheibe sich wieder nach innen bewegte.

Ich saß im Schlafanzug auf der Bettkante und überlegte, was alle diese Neuigkeiten für mich bedeuteten. Der Boden unter meinen Füßen schien plötzlich nachzugeben. Mein Kopf schmerzte, und meine Gelenke fühlten sich an, als seien sie mit Sand gefüllt.

Ich betrachtete meine zerknitterte Hose über der Stuhllehne und das Silberpapier auf dem Boden vor dem Bett, in dem ein paar Brocken jener dunkelgrauen, leicht verschimmelt aussehenden Substanz eingewickelt waren, von der Charlotte schwärmte, daß sie die Seligkeit auf Erden bedeutete. Mein Gehirn schien sein Volumen vergrößert zu haben, und meine Augen waren rot gerändert. Wenn ich meine Tränensäcke mit dem Zeigefinger berührte, gaben sie nach wie Gelee...

Gegen sechs Uhr morgens hatte der Briefträger mir ein Telegramm gebracht, in dem Xaveria mir mitteilte, daß sie mich für immer verlassen würde.

Charlotte kam aus dem Badezimmer und legte ihre Arme um meinen Hals.

«Was hältst du davon, wenn wir deinen fünfzigsten Geburtstag am Freitag im engeren Kreis der Familie feiern, Paul?»

«Viel ist von meinen alten Freunden ja nicht mehr übriggeblieben.»

«Die Schittecks haben eine große Überraschung für dich.»

«Und warum wollt ihr, daß wir dabei unter uns bleiben?»

«Weil das, was wir dir zu sagen haben, nicht für fremde Ohren bestimmt ist. Es ist... na ja, es soll eine Art Inaugurationsfeier für dich werden.»

«Eine Inauguration?»

«Die Schittecks sind der Meinung, du solltest jetzt in

unsere Familiengeheimnisse eingeweiht werden. Außerdem würde Dagmar an deinem Geburtstag gern verkünden, daß du der Vater ihres Kindes bist.»

«Und was sind das für Familiengeheimnisse, wenn ich fragen darf?»

«Na ja, du weißt inzwischen schon, daß wir eine sehr unkonventionelle Art zu denken haben...»

«Aber ich weiß nicht alles?»

«Es gibt da ein paar Dinge, die für gewöhnliche Menschen eine zu große geistige und moralische Herausforderung darstellen. Sie sehen nicht, daß wir nach den gleichen Prinzipien leben, denen auch die Weltgeschichte gehorcht. Wir sind einfach *Realisten*, Paul...»

«Soll das eine Art Rechtfertigung für Mord sein?»

«Gewalt gehört nun mal genauso zum Menschen wie Fortpflanzung, Krankheit und Tod.»

Es fiel mir immer noch schwer zu glauben, daß diese Worte so ernst gemeint waren, wie sie sich anhörten. Am Tag nach Xaverias Abreise betrat ich zum ersten Mal wieder mein Haus. Es kam mir fremd und ungewohnt vor mit seinem spartanischen Interieur. Schwer vorstellbar, daß ich hier einen Teil meines Lebens verbracht hatte. Im Flur standen zwei große Aluminiumkoffer, die Xaveria später von einem Spediteur abholen lassen wollte; und auch mein Arbeitszimmer sah ohne Wanda auf der Chaiselongue beinahe unwirklich leer aus.

Ich nahm meine Habilitationsschrift aus dem Aktenschrank und breitete ihre Seiten auf dem Schreibtisch aus. Nachdem ich eine Weile darin gelesen hatte, zerriß ich sie und warf sie in den Papierkorb. Ich hatte das Gefühl, der fünfzigste Geburtstag sei ein angemessenes Datum, um mit einigen Dingen ein für allemal ins reine zu kommen.

Als ich gegen Abend das Haus verließ, ging ich noch ein Stück durch das hohe Schilf am Seeufer, um Luft zu schöpfen. Ich betrat den Bootssteg, auf dem in der Abendsonne die Mücken schwirrten, und sah zum Haus der Schittecks hinüber. So friedlich, ja anheimelnd, wie es mit seinen beleuchteten Fenstern auf der Anhöhe lag, hätte man glauben können, es sei das Refugium einer glücklichen Familie, die sich nach einem anstrengenden Arbeitstag zum gemeinsamen Abendessen einfand. Dann fiel mein Blick auf ein dunkles, sackartiges Gebilde im Wasser, das vor den letzten Pfählen des Bootsstegs schwamm...

Gleich darauf sah ich, daß das Gebilde ein Gesicht hatte. Ich stützte mich auf den Bohlen ab und beugte mich weit nach vorn, um die Leiche im Wasser besser erkennen zu können.

Es war Hitzacker, kein Zweifel.

27 Etwas in meinem Kopf gab einen Ton von sich, als sei eine Gitarrensaite gerissen...

Zwischen den Mietskasernen oben an der Straße war ein Taxistand. Ich ließ mich in eine Bar am Ende des Viertels fahren und trank einen doppelten Gin mit Eis, um in Ruhe nachzudenken – und dann noch zwei weitere ohne Eis.

Diesmal versuchte ich meine Bestandsaufnahme ohne die übliche Kaufmannsrechnung zu machen. Kein Soll und Haben, kein Gedanke daran, was unter dem Strich übrigblieb. Hitzacker hatte sich zu weit vorgewagt. Ich selbst würde wohl am Leben bleiben, weil die Inauguration an meinem fünfzigsten Geburtstag mich vor körperlichen Schäden bewahrte. Ich würde der Vater eines Kindes sein, das bei seiner Geburt nicht nur zum ersten wahren Rationalisten gekürt wurde, sondern auch zum Gott des Eigennutzes – wie Charlotte gern erklärte.

Und als mir klargeworden war, was ich davon zu halten hatte, ging ich zum Telefon und rief die Polizei an.

Nach meinem Anruf verwandelte sich das Gelände in eine Art mobile Polizeistation. An Hitzackers Körper waren keine Spuren von Gewaltanwendung festgestellt worden, von einer kleinen Wunde an der Wade abgesehen, die unmöglich seinen Tod verursacht haben konnte. Eine in der Schweiz lebende sechzigjährige Schwester bestätigte, daß er Nichtschwimmer gewesen sei.

Doch anders als bei Brookmann gab es keinen Hinweis auf einen freiwilligen Tod. Und bei der polizeilichen Befragung verzichtete ich lieber darauf, Hitzackers Entdekkung zu erwähnen...

«Ich habe mir überlegt, daß wir meinen fünfzigsten Geburtstag nicht im Haus, sondern an einem besonderen Ort feiern sollten», sagte ich, als die letzten Polizeiwagen das Gelände verlassen hatten.

«Du bist also einverstanden mit deiner Inauguration?» fragte Charlotte offensichtlich erfreut. Sie brachte gerade ein paar Diebesstücke aus einem Verschlag unter der Bodentreppe in ihr Zimmer zurück, die bei der Polizei vielleicht Verdacht erregt hätten. Es waren Beutestücke aus dem Juweliereinbruch am Hauptbahnhof.

Ich ließ die Gardine am Fenster zurückfallen und sah zu, wie Charlotte den Schmuck auf ihrer Spiegelkommode dekorierte. «Wenn ich den Ort bestimmen kann, ja.»

«Und du hast auch verstanden, worum es geht?» Dabei sah sie mich prüfend an.

«Ich muß eine Art Gelübde ablegen, oder?»

«Du bist zum Schweigen verpflichtet. Ein Bruch des Schweigegelübdes wäre wie Selbstmord für dich.»

«Ziemlich martialische Familientradition», sagte ich, als sei es ganz selbstverständlich, daß jemand, der seinen Mund nicht halten konnte, von den Schittecks mit dem Hammer erschlagen wurde. «Was hältst du davon, wenn wir in der großen Froschgrotte feiern? Wir könnten am Seeufer Kerzen aufstellen.»

«Unten am See? Ja, klingt sehr romantisch.»

«Ich finde, für seinen fünfzigsten Geburtstag sollte man sich schon etwas Besonderes einfallen lassen.»

Am Morgen meines Geburtstags fuhr ich in die Stadt, um mir einen schwarzen Anzug zu kaufen. Nachmittags würde Hitzacker auf dem Nordfriedhof beigesetzt werden, wo sich auch das Grab seiner Mutter befand, und ich hatte beschlossen, gleich nach meiner Geburtstagsfeier hinauszufahren, um ihm die letzte Ehre zu erweisen.

Es war Freitag, ein dunkler Freitag mit schwarzen Haufenwolken und violettem Himmel über dem Horizont, als würde bald ein Unwetter heraufziehen. Kurz vor der Feier legte ich mich angezogen auf die Couch in meinem alten Arbeitszimmer, um noch ein wenig zu schlafen, schreckte aber zwei- oder dreimal aus dem Schlaf auf, als hätte ich Alpträume gehabt, ohne sagen zu können, wovon ich geträumt hatte...

Am Abend vorher war ich noch einmal in der Grotte gewesen. Die Schittecks hatten keine Mühe gescheut, meine Geburtstagsfeier so eindrucksvoll wie möglich zu gestalten. Über der Felswand, unter der Tische und Stühle aufgestellt waren, prunkte eine riesige Fünfzig aus goldener Pappe. Und für das ominöse Symbol ihrer Freitagsmessen, die magische Glaskugel, in der ein Edelgas vom

Mittelpunkt aus grüne und gelbe Blitze zucken ließ, hatte man sogar einen elektrischen Anschluß in die Grotte legen lassen.

Das überdimensionale, an die Wand projizierte Gehirn dagegen, vor dem Elvira sonst die Messe zelebrierte, war durch ein Porträt meines künftigen Sohnes ersetzt worden. Man erkannte unschwer, daß es sich um eine verjüngte Version meines eigenen Bildes handelte, dem der Maler nur die charakteristischen Merkmale eines Kindes hinzugefügt hatte.

Ich kam eine halbe Stunde verspätet zu meiner fünfzigsten Geburtstagsfeier. Wäre Lutz nicht auf der Suche nach mir in meinem Arbeitszimmer erschienen, um mich zu wecken, dann hätte die Familienchronik der Schittecks sicher einen anderen Verlauf genommen.

«Kommen Sie, Paul», sagte er, während er mich an der Schulter wachrüttelte. «Dies ist ein großer Tag für Sie.»

Man plazierte mich in der ersten Reihe zwischen Dagmar und ihrem Vater, und ich genoß alle Aufmerksamkeiten eines Geburtstagskinds, das für würdig befunden worden war, in den engeren Kreis der Familie aufgenommen zu werden; trotzdem fühlte ich mich so befangen und steif in meinem schwarzen Anzug, als wohnte ich meiner eigenen Beerdigung bei.

Schitteck senior hielt eine kleine Rede, von der ich nicht einmal mehr den Anfang wiedergeben könnte, denn sie entzog sich völlig meiner willentlichen Aufmerksamkeit – meine Gedanken bewegten sich immer noch in jenem an Fieberphantasien gemahnenden Bereich, als ich auf der Couch meines Arbeitszimmers eingeschlafen war. Erst als er mir mit einem Glas Sekt zuprostete, wurde ich wieder etwas klarer.

«Jetzt sind Sie an der Reihe, Paul. Wollen Sie noch ein paar Worte sagen, bevor Elvira mit der Inauguration beginnt?»

«Ja, natürlich, gern», sagte ich, ohne mich von der Stelle zu rühren.

«Du siehst heute ungewöhnlich blaß und kränklich aus», flüsterte Charlotte besorgt.

«Alles in Ordnung mit Ihnen, Paul?» Schitteck senior deutete einladend zur Tribüne.

«Doch, doch, sicher – bitte entschuldigt mich einen Augenblick. Ich muß noch mal kurz für kleine Jungen...» Dabei zeigte ich debil grinsend mit dem Daumen zum Ausgang der Grotte.

Als ich an der Eingangswand war, wo ein mit Hammer und Meißel erzeugtes Riesenexemplar des schwarzgrau melierten Kohlenfroschs seinen «urzeitlichen Abdruck» im Fels hinterlassen hatte, warf ich noch einen letzten Blick auf die am Seeufer versammelte Schitteckfamilie zurück – in der Glaskugel zuckten grüne und gelbe Blitze – mein Sohn lächelte mich vom Hauptaltar so vielsagend an, als habe er bereits die geistige Führung übernommen –, und ich muß gestehen, daß mir die Vorstellung, nun endlich den längst fälligen Schlußstrich zu ziehen, durchaus wie ein Geburtstagsgeschenk vorkam.

28 Klein hatte mir auf dem Rückweg von Hitzackers Beerdigung angeboten, über die baldige Auflösung von BIO-EINS nachzudenken. Er betrachtete unser Experiment als gescheitert, weil er nicht glaubte, daß mit den Schittecks ein geordnetes Zusam-

menleben möglich sei. Ich hatte dem nichts entgegenzusetzen; auch mir erschien der Gedanke, hier weiterzuleben, wenig erstrebenswert.

Aus unseren Prozessen gegen die Kleiber-Chemie wußte ich, daß die Geschäftsleitung bereit war, das Gelände aufzukaufen. Wir würden also genug Kapital haben, um irgendwo einen neuen Anfang zu machen. Bei der Obduktion hatte man an Hitzackers Wade eine Bißwunde gefunden, die nur von einem Hund stammen konnte. Das brachte mich auf die Vermutung, Rottweiler Schitteck sei nicht ganz unbeteiligt an seinem Ertrinken im See gewesen. In der Nacht hatte ich draußen am Ufer sein klagendes Heulen gehört. Aber ich sagte mir, es wäre schließlich nicht meine Aufgabe, das arme Tier der Todesspritze des Tierarztes auszuliefern.

Zwei Tage später – ich war gerade beim Kofferpacken – tauchte Klein mit den Kaufverträgen der Kleiber-Chemie bei mir auf. «Stell dir vor, was passiert ist», sagte er und schwenkte die Verträge. «Das Zeug ist reine Makulatur.»

«Und warum? Haben sie ihr Angebot etwa zurückgezogen?»

«Nein, ihre Konditionen wären ausgezeichnet – aber die Schittecks sind weg.»

«Die Schittecks sind…?» Ich versuchte mir nicht anmerken zu lassen, daß das Kapitel Schittecks für mich längst kein Thema mehr war.

«Ausgeflogen – die ganze Familie ist spurlos verschwunden. Und niemand weiß wohin. Die Polizei hat bereits das Haus durchsucht und ein umfangreiches Diebeslager beschlagnahmt. In dieser Gegend verschwinden ungewöhnlich viele Leute», sagte er und kratzte sich voller Unbehagen am Kinn. «Wie im *Bermuda-Dreieck*.»

«Mein Arzt sprach kürzlich von einer Großfamilie, die

von Stadt zu Stadt zieht und eines Morgens genauso plötzlich wieder verschwunden ist, wie sie gekommen war.»

«Ob sie nun wieder auftaucht oder nicht, ich werde den Vertrag trotzdem unterschreiben. Und dein Pläne, Paul?»

«Südostasien, vielleicht auch Südamerika. Das war schon immer mein Traum.»

Während ich meine Angelegenheiten in Ordnung brachte und auf die Überweisung meines Anteils für das Grundstück wartete, hörte ich noch ein paarmal nachts am Seeufer Rottweiler Schitteck heulen, offenbar vermißte er seine Familie. Aber wenn ich durch sein Heulen geweckt wurde, drehte ich mich einfach auf die Seite und schlief sofort wieder ein. Ich glaube, ich habe mich niemals freier und sorgloser gefühlt als vor meiner Abreise. Ich empfand endlich jene Leichtigkeit des Lebens, wie sie nur einem Menschen gegeben ist, der zutiefst an die Richtigkeit und Notwendigkeit seiner Entscheidungen glaubt. Vielleicht ist die Zeit nach dem fünfzigsten Geburtstag tatsächlich ein ganz besonderer Lebensabschnitt.

Am Tag meiner Abreise verabschiedete ich mich ohne viel Aufhebens von Klein und Mohrman und den anderen Mitgliedern der Kommune und bestieg den Zug zum Flughafen mit zwei tropentauglichen Aluminiumkoffern. Weil ich in Frankfurt umsteigen mußte, kaufte ich am Kiosk eine Tageszeitung und setzte mich in die Wartehalle. Ich hatte eben die erste Seite umgeschlagen, da entdeckte ich über den Rand der Zeitung das Gesicht eines Jungen, der mir bekannt vorkam.

Er stand etwa drei Schritte von mir entfernt und sah ziemlich verwahrlost aus.

«Das ist doch...?»

Der Junge kam zögernd näher. Sein Hemd und seine Hose wirkten so verdreckt, als habe er die vergangenen Nächte unter freiem Himmel verbracht.

«*Lutz*, großer Gott… ich hätte dich fast nicht wiedererkannt!»

«Sie wollen verreisen, Paul?»

«Ja, ich habe mein Haus verkauft.»

«Und wohin, wenn ich fragen darf?»

«Irgendwohin – Australien, Kanada, die Karibik. Ich werde mich einfach treiben lassen. Wenn ich etwas von den Schittecks gelernt habe, dann mir nicht allzu viele Gedanken über meine Zukunft zu machen. Darf ich dich auf eine Tasse Kaffee einladen? Wo sind deine Eltern?»

«Soll das ein Scherz sein?»

«Es geht das Gerücht um, sie seien aus BIO-EINS weggezogen?»

Er starrte mich mit halbgeöffnetem Mund an und gab mir ausreichend Gelegenheit, seine makellosen weißen Zähne zu bewundern. Dann sagte er:

«Ihre Scheinheiligkeit ist wirklich kaum noch zu überbieten, Paul.»

«Meine Scheinheiligkeit? Wie soll ich das verstehen?»

«Sie wissen doch selbst am besten, daß meine Eltern tot sind.»

«Ehrlich gesagt, nein. Ich hatte keine Gelegenheit, ihrer Beerdigung beizuwohnen, und habe auch nichts von ihrem Ableben in der Zeitung gelesen.»

«Also gut, wenn Sie nicht darüber reden wollen», sagte er achselzuckend. «Es war ein Spiel, und Sie haben gewonnen. Sie waren der bessere Spieler.»

«Oh, ich würde schon gern erfahren, woran deine Eltern gestorben sind. Dagmar und Charlotte standen mir schließlich sehr nahe. Wollen wir nicht drüben im Imbiß ein kleines Frühstück einnehmen? Mein Zug zum Flughafen fährt erst in einer halben Stunde.»

Wir setzten uns so, daß ich die Abfahrtstafel im Auge behalten konnte.

Lutz schien seit Tagen nichts gegessen zu haben, dem Heißhunger nach zu urteilen, mit dem er sich über seine belegten Brötchen hermachte.

«Also?» fragte ich, als er bei der vierten Tasse Kaffee angelangt war.

«Sie baten damals während Ihrer Geburtstagsfeier, noch einmal kurz zur Toilette gehen zu dürfen.»

«Ja, ich erinnere mich.»

«Das war nur ein Vorwand.»

«Ein Vorwand, wieso?»

«Weil Sie statt dessen oben an den Rohren, die über den Eingang laufen, das Ventil öffneten, um die Grotte mit *Super-Plus-Additiv* zu fluten. Sie müssen das Werkzeug – wahrscheinlich eine Wasserpumpenzange oder einen großen Schraubenschlüssel – schon vorher irgendwo unter den Steinen versteckt haben.»

«Einen zweiundsechziger Schlüssel, meinst du? Hm, hört sich ziemlich genau nach der Methode an, mit der deine Familie Brookmann und Gruchulsky ins Jenseits befördert hat.»

Er sah mich schweigend an.

«Hitzacker war Nichtschwimmer – er brauchte nur von einem bissigen Hund daran gehindert werden, wieder ans Ufer zu klettern, oder?»

«Und wenn es so wäre, Paul?»

«Richtig, wer würde das jemals beweisen können? Es gibt keine Zeugen. Es war ein Spiel, und ich habe gewonnen.»

«Beantworten Sie mir nur eine Frage, Paul. Es war Ihre

Idee, unten in der Grotte zu feiern? Sie haben Charlotte darauf gebracht?»

«Es war meine Idee, in der Grotte zu feiern. Aber was beweist das?»

«Viele Mosaikstücke ergeben auch ein Bild.»

«Mich würde natürlich interessieren, wer Brookmann und die anderen auf dem Gewissen hat – aber das hätte ich wahrscheinlich bei der Inauguration erfahren? Natürlich das Oberhaupt der Familie. Und wer war das Oberhaupt? Ich erwarte nicht, daß du mir darauf eine Antwort gibst.»

Er warf mir einen jener amüsierten Blicke zu, die mir immer das Gefühl gaben, ich offenbarte ihm meine abgrundtiefe intellektuelle Harmlosigkeit. Wir sahen uns eine Zeitlang wortlos an – zwei Gegner, die einander beschuldigten, eiskalte Killer zu sein, und die doch insgeheim wußten, daß es gar keinen Unterschied mehr machte, wie unsere Antworten ausfielen.

«Du könntest mir eine andere Frage beantworten», schlug ich vor. «Nehmen wir einmal an, deine Familie sei wirklich in der Grotte umgekommen. Wieso hast du überlebt?»

«Spielt das denn noch eine Rolle?»

«Versetz dich einfach in die Lage des Mörders. Stell dir vor, er hätte alles getan, um ein perfektes Verbrechen zu begehen...»

«Als Sie nicht zurückkamen, ging ich Sie suchen. Ich dachte, Sie seien vielleicht zum Haus zurückgegangen. Leider nahm ich dafür die Abkürzung über den kleinen Durchstieg in der Nordwand, sonst hätte ich Sie wahrscheinlich oben an den Rohren entdeckt.»

«Wenn ich dort gewesen wäre – ja, vielleicht», sagte ich und winkte der Kellnerin, um die Rechnung zu bezahlen. «Kann ich dir mit etwas Geld aushelfen?»

«Danke, aber ich glaube, ein Bursche mit meinem Verstand kommt auch ohne fremde Hilfe wieder auf die Beine.»

«Du siehst nicht so aus, als wenn du momentan auf der Seite der Sieger ständest.»

«Ich habe einfach nicht mit Ihrer Kaltblütigkeit und Skrupellosigkeit gerechnet, Paul.»

«Menschenkenntnis ist nun mal nicht dasselbe wie Philosophie. Nun muß ich aber gehen», sagte ich und reichte ihm die Hand. «Mein Zug zum Flughafen fährt in fünf Minuten.»

Seine kleine Affenpfote ruhte einen Augenblick lang wie verloren zwischen meinen Fingern. Dann entzog er sie mir auch schon wieder, vielleicht, weil ihm bewußt wurde, daß jemand, der seine Familie auf dem Gewissen hatte, kaum der geeignete Partner für einen warmherzigen Händedruck war.

«Warten Sie, ich begleite Sie zum Bahnsteig...»

Als ich eingestiegen war, reichte er mir meine beiden Aluminiumkoffer durch das Abteilfenster. Gleich darauf ruckte der Zug an, und ich hatte das Gefühl, einer Filmszene beizuwohnen, die schon so oft gedreht worden war, wie es Züge gibt. Er ging ein Stück neben dem fahrenden Wagen her und hob zum Abschied die Hand.

«Und du brauchst wirklich kein Geld?» erkundigte ich mich.

«Die Stadt ist ein Raubtierkäfig, Paul, es wird sich schon etwas für mich finden.»

Ich winkte ihm aus dem Abteilfenster zu, und er winkte folgsam zurück, wie es sich für einen guten Verlierer gehört.

Die Stadt und das Land, ja. Die ganze Welt ist ein einziger großer Raubtierkäfig. Seine Worte blieben mir noch lange in Erinnerung, und manchmal, wenn ich in den folgenden Wochen und Monaten an irgendeinem fernen Sandstrand lag und in die Sonne blinzelte, oder an den lauen Abenden auf den Terrassen jener überall gleich aussehenden Etablissements, die «Moskito-Bar» oder «Sunrise-Club» heißen, fragte ich mich, ob er wohl inzwischen wie wir alle scharfe Krallen und ein genügend großes Raubtiergebiß bekommen hatte, um in diesem Käfig überleben zu können.